稀見筆記叢刊

狐媚叢談

〔明〕憑虛子 編

陳國軍
劉愛麗 點校

文物出版社

圖書在版編目（CIP）數據

狐媚叢談 / 陳國軍，劉愛麗點校．-- 北京：文物出版社，2021.7（2023.6 重印）

ISBN 978 - 7 - 5010 - 7102 - 9

Ⅰ.①狐… Ⅱ.①陳… ②劉… Ⅲ.①文言小説 - 小説集 - 中國 - 明代 Ⅳ.①I242

中國版本圖書館 CIP 資料核字（2021）第 112725 號

狐媚叢談 〔明〕憑虚子

點　　校： 陳國軍　劉愛麗
責任編輯： 劉永海
封面設計： 程星濤
特約校對： 屈軍生
責任印製： 張道奇
出版發行： 文物出版社
地址：北京市東城區東直門内北小街 2 號樓　郵編：100007
网址：http://www.wenwu.com
印　　刷： 北京君昇印刷有限公司
經　　銷： 新華書店
開　　本： 880mm × 1230mm　1/32
印　　張： 9.25
版　　次： 2021 年 7 月第 1 版
2023 年 6 月第 2 次印刷
書　　號： ISBN 978 - 7 - 5010 - 7102 - 9
定　　價： 46.00 圓

總目録

前言

《狐媚叢談》，是一部鮮爲人知的文言小説彙編。名書『狐媚』，小説卷前《説狐》解釋爲：

狐，妖獸，鬼所乘也，其狀鋭口而大尾。説者以爲古先淫婦所化，其名曰『紫』，其怪多自稱『阿紫』。善爲媚惑人，故稱狐媚。

所謂『叢談』，墨㞎子《狐媚叢談小引》言：

狐爲媚也，齊諧聞而志之，憑虚子叢而傳之，以爲談助……則昔之傳此事有也，爲也，今之叢此也，□其爲也。

則本書就是對前代和明代當下小説家所創作的狐妖小説的一種彙編，《狐媚叢談》是一部以『狐精』『狐妖』『狐媚』爲主題的文言小説彙編。由於《狐媚叢談》是抽繹前人和當代多人的單篇或數篇小説而彙編成書，具有『總聚衆説而爲書』的特徵，因此，從文本存在情態和文獻學分類角度來看，它應該是一部關於『狐』的小説總集。

《狐媚叢談》一書，明清時期的藏書家屢有著録。明趙用賢（一五三五—一五九六）《趙定宇書目》著録：『《狐媚叢談》，一本』；祁承㸁（一五六三—一六二八）《澹生堂書目》卷七著録：『《狐媚叢談》，二卷，二册』；清黄虞稷（一六二九—一六九一）《千頃堂書目》卷一二記載：『墨杘子《狐媚叢談》五卷』，萬斯同（一六三八—一七〇二）《明史·藝文志》亦載：『墨杘子《狐媚叢談》五卷』。現代學者很少有機會閲覽和研究《狐媚叢談》。一九二七年，武進董康（一八六四—一九四七）在日本訪書期間，曾見過此書，後將其所見寫成《日本内閣藏小説戲曲書目》一文，其中『《狐媚叢談》五卷』一語，算是現代學者關於《狐媚叢談》最早的研究記録。一九八三年，杜信孚《明代版刻綜録》記載了『憑虚子《狐媚叢談》五卷』，從版刻的角度，確定了《狐媚叢談》的作者與卷數。

《狐媚叢談》的作者，從清明以來諸書著録情況看，大體可以分成三種情形：一是不題撰人，如《趙定宇書目》《澹生堂書目》《日本内閣藏小説戲曲書目》《中國明清通俗小説書目提要》等；一是題『墨屎子』，如《千頃堂書目》《中國文言小説總目提要》等；三是題『憑虛子』，如《明代版刻綜録》《著者别號書録考》等。現存上海圖書館、日本内閣藏《狐媚叢談》刻本前，均有署名『墨屎子』的《狐媚叢談小引》，《小引》以傳統的小説序跋寫作方式，設定了『憑虛子』『拘方生』『達觀老人』三人，透過『憑虛子』叢集、『拘方生』詰難、『達觀老人』釋疑的模式，確認《狐媚叢談》的創編人爲『憑虛子』，創編方法是『托物比類』『明指顯摘』，而動機則是對『即今仕、處二途，群然相與，傾又反復，何渠不狐者』的社會現實的批判與反省。但《小引》中的『憑虛子』『拘方生』『達觀老人』，不過是『飾詞矯説的虛構者』『拘守成規不知變通者』，以及『明白事理遍覽縱觀者』的象徵，言『憑虛子』爲小説作者，只是解決了小説作者的署名或筆名問題，而小説作者的真正名氏，仍未得到徹底解決。

值得注意的是『墨屎子』名號。『墨屎』，雖語出《列子·力命》，但作爲方言，主要用於江浙一帶。如清梁蒲貴等修纂《寶山縣志》卷一四『墨屎』：『音如眉癡，俗言人猶豫不前，見《列子》，又見皮日休《反招魂》。』其他如青浦、松江、太倉、吴縣、震澤、蘇州、崇明等府縣志，均有『墨屎』方言的釋義。爲《狐媚叢談》作《小引》的『墨屎子』，當爲江浙一帶人士。

《狐媚叢談》現存有上海圖書館藏刻本、日本内閣文庫藏刻本、日人林羅山（一五三八—一六五七）手校本三個版本。據筆者所目驗的上海圖書館藏刻本以及日本内閣文庫藏刻本，日本内閣文庫藏本『下端或見「草玄居」三字』；上海圖書館藏本，也時見『草玄居』三字，則《狐媚叢談》的刊刻者爲『草玄居』，可謂定讞。『草玄居』，爲明代出版家楊爾曾書坊名，則《狐媚叢談》爲楊爾曾『草玄居』刊刻。楊爾曾萬曆三十年（一六〇二）編輯的《新鐫仙媛紀事》九卷《補遺》一卷，就是對《狐媚叢談》編纂體例的模仿。『墨屎子』或爲楊爾曾名號；而『憑虚子』『拘方生』『達觀老人』，可能是楊爾曾闡釋自己彙編《狐媚叢談》時，狡獪地設置的人物符號，『憑虚子』『墨屎子』，或是楊爾曾。

楊爾曾（約一五七五—？），浙江錢塘保安坊羊牙蕩人，原名爾真，萬曆二十二年（一五九四）改名爾曾，字聖魯，號雉衡山人、卧游道人、雉衡逸史、六橋三竺主人等。曾以『草玄居』爲名，編撰刊行了《新鐫仙媛紀事》九卷《補遺》一卷、《狐媚叢談》五卷、《許真君净明宗教録》十五卷、《吴越春秋注》十卷等；以『夷白堂』爲名，編撰刊行了《海内奇觀》十卷、《圖繪宗彝》七卷、《文子纘義》十二卷、《高氏三宴詩集》三卷、《香山九老詩》一卷、《許真君净明宗教録》、《净明歸一内經》一卷、《新鐫通俗三國演義便覽》二十四卷、《食物本草》三卷；以『武林人文聚』和『泰和堂』爲名，編撰刊行了《韓湘子全傳》和《新鐫東西晉演義》十二卷等。

此書上海圖書館刻本、日本内閣文庫刻本以及日人林羅山手校本三個版本，其中林羅山手校本，以日本内閣文庫刻本爲底本，雖或有些許差異，兩者可視爲自同一版本。上海圖書館和日本内閣文庫本，均爲五卷本，每半葉八行，行二十字，書前有『墨屎子撰』《狐媚叢談小引》，次五卷目録；正文前有《説狐》一篇，輯録有關狐媚或狐妖的論述、詩文、傳説三十條；每卷下均無作者名氏；版心或題『狐媚叢談卷□』，下端時見『草玄居』字様。上海圖書館本與日本内閣文庫本在插圖，以及每卷作品數量上稍有差異：上海圖書館本有圖二十八幅〔一〕，而日本内閣文庫本插圖三十幅〔二〕；上海圖書館本《卷一》三十二篇，《卷二》三十二篇，《卷三》十三篇，《卷四》三十二篇〔三〕，《卷五》二十三篇〔四〕，合計《目録》後《説狐》一篇，總計一百三十三篇；而日本内閣文庫本《卷一》三十二篇〔五〕、《卷二》三十一篇〔六〕、《卷三》十三篇、《卷四》三十一篇〔七〕、《卷五》〔八〕二十三篇，合計《目録》後《説狐》一篇，共

〔一〕此書偶有破損，有墨筆校補。又此書卷一末黏有『二酉書店』陽文印一枚，及手書『五册□□圓』，知書曾經二酉書店藏售。卷三《牝狐爲李令緒阿姑》亦有『二酉書店』印一方。

〔二〕全書扣除重復，有圖二十九幅。

〔三〕其中《狐人立》無目有文。

〔四〕目録《臨江狐》《穀亭狐》二篇在《胡媚娘》前，而正文却相反。

〔五〕卷一目録三十三篇，唯目録第三十三篇《劉元鼎逐狐爲戲》，有目録無内容，故實有故事三十二篇。

〔六〕卷二目録三十二篇，唯《狐變爲娼》《狐語靈座中》兩篇有目缺文，《狐變菩薩通女有娠》餘末三行文字。故實有故事三十篇有零。

〔七〕卷四目録三十一篇，其中《狐人立》一篇有内容無目録，計入目録共三十二篇。然而，《狐死塔下》《顧旃殺狐得簿書》兩篇缺葉，内容有欠完整，《王嗣宗殺狐》有目無文。實有故事二十九篇有零。

〔八〕卷五目録二十三篇，其中《臨江狐》《穀亭狐》兩篇正文編入《胡媚娘》之後。《張羅兒烹狐》《狐能治病》兩篇缺葉，内容不完整。實有故事二十一篇有零。

一百三十一篇。兩個版本的《狐媚叢談》，當均爲楊爾曾草玄居刊本的明末補配本。但上圖藏本卷次、目録、内容完整，文字刊印清晰，雖同係補刊，然較諸日本内閣藏本，實可以善本視之。

《狐媚叢談》無刊刻時間。《浙江省出版志》編纂委員會辦公室所編《浙江歷代版刻書目》云：『《狐媚叢談》五卷，題明憑虚子撰，萬曆三十年（一六〇二）錢塘楊爾曾草玄居刊本，上圖藏。』未知何據。但從小説文本援引其他小説作品，以及《狐媚叢談》的著録情況，其成書時間是完全可以考證出來的。《狐媚叢談》卷五收録了小説《張明遇狐》。此篇小説，最早可能出自周静軒（一四五七？—一五二五年？）弘治九年（一四九六）刊刻的《湖海奇聞集》；萬曆八年（一五八〇）之後刊刻的《古今清談萬選》卷三，以及胡文焕於萬曆二十二年（一五九四）刊刻的《稗家粹編》卷七等，都收録了這篇小説；而安遇時萬曆二十二年（一五九四）刊刻的《新刊京本通俗演義全像百家公案全傳》第三回《訪察除妖狐之怪》，則據其衍繹爲通俗小説。從理論上言，《狐媚叢談》有從上述諸書抄輯而來的可能，但從文字、人物等細節上判斷，《狐媚叢談》中《張明遇狐》的故事，則只能來源於《百家公案》。原因是《狐媚叢談》將男主人的名字稱爲『張明』，與《百家公案》相同，而《古今清談萬選》《稗家粹編》均名之『竇明』。其他如《施桂芳賛狐》《插花嶺妖狐》，亦均選編自《百家公案》。《百家公案》最早刊行於萬曆二十二年（一五九四），則《狐媚叢談》的成書上限，當爲萬曆二十二年（一五九四）。又趙用賢《趙定宇書目》，著録了『《狐媚叢談》，一本』，趙用賢卒於萬曆二十四年三月十五日，則《狐媚叢談》的成書下限時間當在萬曆二十四年（一五九六）三月前。如是，《狐媚叢談》的成書時間在萬曆二十二年至二十四年三月間（一五九四—一五九六）。

《狐媚叢談》所收的一百三十三篇小説，其篇目均來源於明代萬曆二十四年前的各種文言小説或小説集。《狐媚叢談》文本最大來源，可能是《太平廣記》。作爲小説淵藪的《太平廣記》，從卷四四七至卷四五五，收録狐故事九十二條，而《狐媚叢談》與之相同的篇目有八十七篇之多，構成了小説卷一《周文王得青狐》到卷四《犬囓老狐》的主體。其他如出《夷堅志補》《宣和遺事》者，各兩篇；出《湖海新聞夷堅續志》《庚巳編》《説聽》《百家公案》者，各三篇；出《剪燈餘話》《祝子志怪録》

《西樵野記》《客座新聞》者，各一篇。

作爲一部狐故事的專題性小説彙編，《狐媚叢談》有其獨到的價值。首先，它以小説文本叙事時間爲標示，組成了一部從三皇到明代萬曆時期的狐小説編年史。篇首的《説狐》，從理論上，論述了狐的文化符號，由圖騰—瑞獸—狐神—狐媚的嬗變；而卷一到卷五的小説文本，則以具象和例證的方式，反映了不同歷史語境下，『狐』所承載的文化意涵，以及各個不同時期的民間叙述。可以説，它是一部以『狐』爲載體、爲視野的一部相關文化史的民間書寫。其次，它彙編了明代萬曆二十四年之前『狐小説』中的代表之作，是一部『狐小説史』。一百三十三篇小説，孕育了狐瑞觀念、狐仙觀念、狐媚觀念，藴涵了天狐母題、色誘母題、狐丹母題、古墓母題等等，可供挖掘和闡釋的小説史課題，梳理出了一條從先秦小説到《聊齋志異》的『狐文學形象』與『狐文化』的演化路徑與實績；同時，中國文學史上，特别是明清時期的通俗小説、戲曲，如《平妖傳》《蕉帕記》等，都能從《狐媚叢談》中，找到不容小覷的影響因子。再次，《狐媚叢談》與《太平廣記》中相同八十七篇小説，包括其他小説作品，并非簡單地從原書中的過録，它的一些詞句，與現在我們所能看到的文本來源文字，有所不同，具有較高的校勘功用。如《狐媚叢談》卷五《大別山狐》，與常見出自《耳談》的同名小説，兩文事雖同，但情節、文辭差異頗大。

《狐媚叢談》雖不爲人知，但也存在着一些較爲明顯的影響。如明吴大震編《廣艷異編》卷二九《獸部四》、卷三〇《獸部五》，共收録狐狸小説三十一條。其中，與《狐媚叢談》相同者二十二條，即《上官翼毒狐》《何讓之得狐原砵字文書》《狐化婆羅門》《道士收狐》《狐與黄撅爲妖》《小狐破大狐婚》《焚鵲巢斷狐》《狐變小兒》《狐向臺告縣令》《狐死見形》《狐仙》《狐戲王生》《狐負美姬》《李自良奪狐天符》《牝狐爲李令緒阿姑》《三狐相毆》《王知古贅狐被逐》《狐死塔下》《姜五郎、二女子》《大别山狐》《臨江狐》《穀亭狐》等。卷一《狐變妲己》，爲余邵魚舊版《春秋列國志傳》内容殘存，是考察妲己故事，從《武王伐紂平話》向《春秋列國志傳》《封神演義》《新列國志》演化的珍貴資料。至於《狐媚叢談》東傳日本，林羅山據以爲《狐媚鈔》，則爲中國小説在東亞文化圈的流傳提供了一個例證。

本書以上海圖書館藏本爲點校底本，參考日本内閣文庫藏抄本，以本書原文所出之書，對明代憑虚子《狐媚叢談》進行校勘、整理。《狐媚叢談》向以善本傳世，相信校點本的成書，必將有益於明代小説的研究。

限於我們的水平，疏誤之處在所難免，懇請專家、讀者指正。

陳國軍　劉愛麗

凡例

一、本書以上海圖書館藏本爲底本，參以日本内閣文庫藏抄本、臺灣天一出版社一九八五年影印本。

二、凡底本有誤，依據從古原則，校諸故事原始出處，他書及引書一般從略。

三、凡底本之舛訛脱倒、缺衍誤異之文，悉據原始出處校改。各篇異體字，一般徑改。闕字，以方框（□）表示，并依據本文原始出處，在校記中注明。

四、删節成文，且删節比例過大者，爲避免繁瑣、支離，一般均指出文本原始出處，不做過度校注。

五、本書按語，主要注明文本的原始出處、他書所引、衍化異文，以及對通俗文學作品的影響等。

六、本書各篇按語所涉文獻，均在徵引文獻中標注作者、朝代與刊本情况。

《狐媚叢談》小引

狐爲媚也，齊諧聞而志之，憑虛子叢而傳之，以爲談助。拘方生非之，曰：『天下事，經目欺真。諸説鑿空，庸詎皆目睹乎？即目睹矣，猶當尊「不語」之訓，杜亂正之萌，奈何傳之通邑大都，若揭日月而行也？』於是，達觀老人嘆而笑曰：『唯唯否否。齊固失矣，楚亦未爲得也。夫天壤有真、幻兩對。帙中所載，果且有是也乎哉？果且無是也乎哉？真則真之，幻則幻之，幻其真而真其幻，從其真幻，而真幻之無，事鶚炙與時疸也。儻謂不然，濡尾聽冰、南山有道，何以稱焉！蓋造化生此物，必有此變。希闊異聞，亦無足怪，况於狐之媚人也。假人狀而眩之，人之媚人也，竊狐術而用之，勢在外，以身爲雌，勢在内，以身爲雄，勢在纖微，又以身爲閤閹，翕張卑，抗柔剛，乘捷而隱其跡，是不獨狐人，亦抑人狐矣。狐而人也，所可言也，人而狐也，不可言也。姑無暇遠引，即今仕、處二途，群然相與，傾又反復，何渠不狐者？子將托物比類以示譏乎？抑明指顯摘以自罹乎？此必有辨，則昔之傳此事有也，爲也，今之叢此也，□其爲也。莊周寓言，諒且善，是而何真幻之足云。』二究釋然。書斯言以弁集。

墨厍子譔

説狐

狐妖，獸鬼所乘也，其狀鋭口而大尾。説者以爲古先〔一〕淫婦所化，其名曰『紫』，其怪多自稱『阿紫』。善爲媚惑〔二〕人，故稱狐媚。聞爲媚者，以小口器盛肉，置之狐所常處，狐見肉，欲之，爪不能入，徊往〔三〕不捨，涎皆入器中，取以爲媚藥，蓋妖祥之禽。故古有以篝火狐鳴，以惑衆者。狐色赤〔四〕，《詩》曰：『莫赤匪狐，莫黑匪烏。』言其上下并爲威虐，莫適擇也。今狐所在，烏輒群而噪之，蓋皆妖祥之禽

〔一〕『古先』，《爾雅翼》作『先古』。
〔二〕『媚惑』，《爾雅翼》作『魅人』。
〔三〕『徊往』，《爾雅翼》作『徘徊』。
〔四〕『狐色赤』，《爾雅翼》作『狐之色赤』。

之所占也〔一〕。師曠〔二〕以爲東方有鳥，文身朱足，憎烏而愛狐。然則狐可愛〔三〕，烏可惡，今并爲威虐，則莫適求憎愛〔四〕之正矣。狐既淫媚之物，故詩人以比齊襄〔五〕求妃偶於南山之上，綏綏然其行，人皆惡之。詩人之義，寓物以顯其人。雄狐者，君子之象也。春秋秦穆公伐晉，筮之吉，曰〔六〕：『獲其雄狐。』釋者曰：『夫狐蠱，必其君也。』既而獲晉惠公。詩人但言齊子之歸，而説者知其爲齊襄公而來，蓋亦以此。

狐性善疑，方□冰〔七〕合時，狐聽冰下，水無聲，乃行，人每則之，皆須狐之已行，乃渡〔八〕。《易·未濟》稱『小狐汔濟，濡其尾』，蓋狐小尾大，則有『未濟』之象，

〔一〕『蓋皆妖祥之禽之所占也』，《爾雅翼》作『蓋皆妖祥之禽，人之所去也』。
〔二〕『師曠』，《爾雅翼》作『又師曠』。
〔三〕『可愛』，《爾雅翼》作『可好』。
〔四〕『憎愛』，《爾雅翼》『愛憎』。
〔五〕『齊襄』，《爾雅翼》作『齊襄公』。
〔六〕『筮之吉，曰』，《爾雅翼》作『筮之吉日』。
〔七〕『□冰』，《爾雅翼》作『河冰』。
〔八〕『乃渡』，《爾雅翼》作『乃度』。

以之爲戒，亦狐是執心不定者，故《春秋外傳》曰：『狐埋之，狐搰之，是以無成功。』既自埋藏，又自搰發，皆執心不定之貌。又漢敦煌郡，杜林以爲古瓜州。顔師古曰：『既《春秋傳》：「允性之戒〔一〕，居於瓜州者也。」今猶山〔二〕大瓜長者，狐入瓜中食之，首尾不出。』《説文》云：『狐有三德：其色中和，小前大後，死則丘首。』《管子》云：『代出狐白之皮。狐〔三〕應陰陽之變，六月而一見〔四〕。』九尾狐，文王得之，東夷歸焉〔五〕。

《埤雅》曰：『狐，神獸〔六〕也，鬼所乘之。有三德：其色中和，小前大後，死則丘首。』狐性好疑，貈性好睡，又皆藏獸，故狐貉之厚以居，而蜡祭，息民以狐裘也。《素問》曰：『其主狐貉，變化不藏。』《終南》一章曰『錦衣狐裘』，二章曰

〔一〕『允性之戒』，《爾雅翼》作『允姓之戎』。
〔二〕『今猶山』，《爾雅翼》作『其地今猶出』。
〔三〕『狐』，《爾雅翼》作『狐白』。
〔四〕『一見』，《爾雅翼》作『壹見』。
〔五〕本段出宋羅願《爾雅翼》卷二一『狐』。
〔六〕『神獸』，《埤雅》作『祥獸』，即『妖獸』。

『黻衣繡裳』。『錦衣狐裘』，言燕服也；『黻衣繡裳』，言祭服也。《爾雅》曰：『衮，黻也。』衮衣，謂之黻衣，猶衮冕，謂之黻冕也。襄公能取周地，始爲諸侯，受顯服，故是詩卒章言『衮衣』。衮衣，即序所謂『顯服』。舊説：『狐有媚珠。』又曰：『狐禮北斗而靈，善變化。』其爲物妖淫，故《詩》又以刺惡，所謂『雄狐綏綏』，是也。雄狐，説者以爲牡狐，非是，宜讀如『狐不二雄』之『雄』。雄狐，君之象也。又曰：『有狐綏綏，在彼淇梁』『在彼淇厲』『在彼淇側』，言狐之爲物，在山者也，今反在『淇梁』『淇厲』『淇側』，則失其常居矣。雖失其常居，然猶不失其匹。衛之男女，失時，喪其妃耦，則曾反狐之不若也。《易》曰：『小狐汔濟，濡其尾。』小者，材不足也；狐者，志不果也。材不足、志不果，是以幾濟而有濡尾之難。故《彖》曰：『不續終也，亦其尾重，善濡溺，故《易》正以爲象。』里語曰：『狐欲渡河，無如尾何。』是也。《禮》曰：『君衣狐白裘。錦衣以裼之。』不曰『白狐裘』，而曰『衣狐白』者，蓋天下無粹白狐，而有粹白之裘者，掇之衆白也。故《傳》曰：良裘『非一狐之腋』。顔師古曰：『狐白，謂狐腋下之皮，其毛純白，集以爲裘，輕柔難得，故貴也。』《管子》曰：『狐白，應陰陽之變，六月而一見。』然則白狐，蓋有之矣，非常有也。《説文》曰：『狐，从孤省。狐性疑，疑則不可以合類，故從孤省也。』犬性獨，狐性孤，羊性群，鹿性麗。《説文》曰：『鹿之性，見食急則必旅行。麗，旅行也。』《詩》曰：『儦儦俟俟，或群或友。』則以鹿性旅行，故趨則儦儦，行則俟俟也。《毛詩傳》云：『獸三曰群，二曰友。』《類從》曰：『粲，燕識戊己，不銜泥；狐潛上冰，不越度阡陌。』又曰：『狐狼知虛實，虎豹識衝破。』蓋狐即孤也〔一〕。狐狼搏物，皆以虛擊孤。狐从孤省，或〔二〕以此故也，音胡，疑詞也〔三〕。

舊説：『江南無野狐，江北無鷓鴣。』〔四〕

〔一〕『狐即孤也』，《埤雅》作『實即虛也』。

〔二〕『或』，《埤雅》作『又或』。

〔三〕本段出宋陸佃《埤雅》卷四《狐》。

〔四〕本句出五代孫光憲《北夢瑣言》逸文卷四，節録爲文。其文曰：『「江南無野狐，江北無鷓鴣」，舊説也。晉天福甲辰歲，公安縣滄渚民家，犬逐一婦人，登木而墜，爲犬齧死，乃老狐也，尾長七八尺。則丘首之妖，江南不謂無也，但稀有耳。蜀中彭、漢、邛、蜀絶無，唯山郡往往而有，里人號爲野犬。更有黑腰、尾長、頭黑、腰間樵黃，或於村落鳴，則有不祥事。』

《世説》云：『狐能魅人。』〔一〕

狐，神獸也〔二〕。五十歲能變化爲婦人，百歲爲美女、爲神巫〔三〕。或爲丈夫，與女人交接。能知千里外事，善蠱魅，使人迷惑失智。千歲即與天通，爲天狐〔四〕。

〔一〕現存《世説新語》無本句。《太平廣記》卷四五五《民婦》引此，實出五代王仁裕《玉堂閒話》卷四《民婦》。其文曰：『《世説》云「狐能魅人」，恐不虛矣。鄉民有居近山林，民婦嘗獨出於林中，則有一狐，忻然摇尾，款步循擾於婦側，或前或後，莫能遣之，如是者爲常。或聞丈夫至，則遠之，弦狐不能及矣。忽一日，婦與姑同入山掇蔬，狐亦潛逐之。婦姑於叢間稍相遠，狐即出草中，摇尾而前，忻忻然如家犬。婦乃誘之而前，以裙裹之，呼其姑共擊之。舁而還家，鄰里競來觀之，則瞑其雙目，如有羞赧之狀，因斃之。此雖有魅人之異，而未能變。任氏之説，豈虛也哉！』

〔二〕『神獸也』，《太平廣記》《説郛》等無此句。

〔三〕『五十歲能變化爲婦人，百歲爲美女、爲神巫』，《初學記》卷二九引《郭氏玄中記》作『千歲之狐爲淫婦，百歲之狐爲美女』，《古今合璧事類備要》卷七八、《翻譯名義集》卷六《鬼神篇》第二十四同；《太平御覽》卷九〇九作『五十歲之狐爲淫婦，百歲爲美女，又爲神巫』。

〔四〕本段出《玄中記》。《太平廣記》卷四四七《説狐》、《説郛》卷六〇上、《錦繡萬花谷》卷三七《狐變爲巫》、《天中記》卷六〇《狐變爲巫》、《玉芝堂談薈》卷三二《物類多壽》、《格物鏡原》卷八八《狐怪》、《淵鑒類函》卷四三一《狐一》等均録此條。明周清原《西湖二集》第二十一卷，引作『狐千歲化爲淫婦，百歲化爲美婦，爲神巫，爲丈夫，與女子交接，能知千里外事，即與天通，名爲「通天狐」』。

九尾狐者〔一〕，狀〔二〕赤色、四足九尾，出青丘之國，音如嬰兒。食者，令人不逢妖邪之氣、蠱毒〔三〕之類〔四〕。

狐〔五〕夜擊尾火出，將爲怪，必戴髑髏，拜北斗。髑髏不墜，則化爲人〔六〕。

道術中〔七〕有『天狐別行法』，言天狐九尾，金色，役於日月宫。有符，有醮日，

〔一〕『九尾狐者』，《太平廣記》《天中記》《格物鏡原》作『九尾狐者，神獸也』。

〔二〕『狀』，《太平廣記》《天中記》《格物鏡原》作『其狀』。

〔三〕『不逢妖邪之氣、蠱毒之類』，《太平廣記》《天中記》《格物鏡原》作『不逢妖邪之氣，及蠱毒之類』。

〔四〕本條出《瑞應圖》（一作《瑞應編》）。《太平廣記》卷四四七《瑞應》、《天中記》卷六〇《九尾》、《格物鏡原》卷八七等均録此條。

〔五〕『狐』，《酉陽雜俎》《白孔六帖》《太平廣記》作『舊説：野狐名紫狐』，《類説》作『狐名紫狐』。

〔六〕本條出《酉陽雜俎》卷一五《諾臯記下》，節略成文。其文曰：『舊説，野狐名紫狐，夜擊尾火出，將爲怪，必戴髑髏拜北斗，髑髏不墜，則化爲人矣。劉元鼎爲蔡州，蔡州新破，倉場狐暴。劉遣吏主捕，日於球場縱犬，逐之爲樂。經年所殺百數。後獲一疥狐，縱五六犬，皆不敢逐，狐亦不走。劉大異之，令訪大將家獵狗，及監軍亦自誇巨犬，至，皆弭環守之。狐良久緩跡，直上設廳，穿臺盤，出廳後，及城牆，俄失所在，劉自是不復命捕。』此條亦見《白孔六帖》卷九七、《太平廣記》卷四五四、《類説》卷四一、《珍珠船》卷四、《淵鑒類函》卷四三一等。

〔七〕『道術中』，《天中記》《淵鑒類函》作『術中』。參見『江南無野狐，江北無鷓鴣』注。

可以洞達陰陽〔一〕。

蜀中彭、漢、邛、蜀絶無狐，唯山郡往往而有，里人號爲野犬。更有黄腰、尾長、頭黑，腰間焦黄，或於村落鳴，則有不祥事〔二〕。

《易》曰：『田獲三狐，得黄矢。』注云：『餘三陰，即三狐之象也，亦爲去邪媚，而得中直之象。』〔三〕

〔一〕本條出《酉陽雜俎》卷一五《諸皋記下》，亦見《太平廣記》卷四五八《劉元鼎》、《天中記》卷六〇《天狐》、《格致鏡原》卷八八、《淵鑒類函》四三一等。參見上文『野狐名紫狐』條注。

〔二〕本條出《北夢瑣言》逸文卷四。《太平廣記》卷四五五《滄渚民》《南部新書》卷八并引。參見『狐能惑人』條注。

〔三〕出《周易正義》卷下，爲節録。原文爲：『九二，田獲三狐，得黄矢，貞吉。此爻取象之意未詳。或曰：卦凡四陰，除六五君位，餘三陰，即三狐之象也。大抵此爻爲卜田之吉占，亦爲去邪媚而得中直之象。能守其正，則無不吉矣。』

明少遐曰：『狐性多格〔一〕，鼬性多豫。』〔二〕

《竹書》曰：『柏抒子〔三〕征於東海，及三壽，得一狐九尾。』〔四〕

〔一〕『狐性多格』，《酉陽雜俎》作『狐性多疑』。

〔二〕本句出《酉陽雜俎》卷一二《語資》，爲節録。《升庵集》卷八一、《山堂肆考》卷二二八《鼬多疑慮》等載之。其文曰：梁遣黄門侍郎明少遐、秣陵令謝藻、信威長史王纘沖、宣城王文學蕭愷、兼散騎常侍袁狎、兼通直散騎常侍賀文發宴魏使李騫、崔劼。温良畢，少遐詠騫贈其詩曰：『「蕭蕭（一曰肅）風簾舉，依依然可想。」』騫曰：『未若「燈花寒不結」，最附時事。』少遐報詩中有此語。劼問少遐曰：『今歲奇寒，江淮之間，不乃冰凍？』少遐曰：『在此雖有薄冰，亦不廢行，不似河冰一合，便勝車馬。』狎曰：『河冰上有狸跡，便堪人渡。』劼曰：『「狸」當爲「狐」，應是字錯。』少遐曰：『是。狐性多疑，鼬性多豫，狐疑猶豫，因此而傳耳。』劼曰：『鵲巢避風，雉去惡政，乃是鳥之一長；狐疑鼬豫，可謂獸之一短也。』

〔三〕『柏抒子』，《古本竹書紀年》《太平御覽》作『伯杼子』。《竹書紀年》載『杼或作帝宁，一曰伯杼』，《尚史》曰：『杼，史作予，或作伯杼，或作帝寧。』《竹書統箋》：『杼，或作帝宁，一曰伯杼。箋按：伯杼，少康之元子、帝宁。宁，乃寧僞也。』

〔四〕出《竹書紀年》卷上。《太平御覽》卷九〇九引《竹書紀年》一作『夏伯杼子東征，獲狐九尾』，一作『夏伯杼子東征，獲衡檀尾』，《古本竹書紀年輯證》引《汲冢竹書》作『伯杼子往於東海，至於三壽，得一狐九尾』，《路史》作『夏伯杼子之東征，獲狐九尾』。

《戰國策》曰：『虎求百獸而食之，得狐〔一〕。狐曰：「子無敢啗我〔二〕！天帝令〔三〕我長百獸，子若食我〔四〕，是逆天帝之命〔五〕。子以我爲不信〔六〕，我〔七〕爲子先行，子隨我後，觀百獸，見其能無走乎〔八〕？」虎以爲然，隨狐而行〔九〕，百獸見〔一〇〕，皆走。虎不知

〔一〕「得狐」，《新序》作「得一狐」。
〔二〕「子無敢啗我」，《尹文子》作「子無食我也」，《新序》作「子毋敢食我也」，《戰國策》作「子無敢食我」，《春秋後語》作「子毋啖我」。
〔三〕「令」，《戰國策》作「使」。
〔四〕「子若食我」，《尹文子》《新序》作「今子食我」，《春秋後語》作「子若食我」。
〔五〕「是逆天帝命」，《尹文子》《戰國策》作「是逆天帝命也」，《新序》作「是逆帝命也」。
〔六〕「子以我爲不信」，《尹文子》作「子以我言爲不信」，《新序》作「以我爲不信」，《戰國策》作「子以我不信」。
〔七〕「我」，《尹文子》《新序》《戰國策》作「吾」。
〔八〕「觀百獸，見其能不走乎」，《尹文子》作「觀百獸之見我，不走乎」，《新序》作「觀百獸見我，無不走」，《戰國策》作「觀百獸之見我，而敢不走者乎」，《春秋後語》作「觀百獸見我，能無走乎」。
〔九〕「隨狐而行」，《尹文子》作「故隨與行」，《新序》作「隨而行」，《戰國策》作「遂與之行」。
〔一〇〕「百獸見」，《尹文子》《新序》《戰國策》作「獸見之」。

獸之畏己〔一〕，反以爲畏狐也。」〔二〕

《廣雅》曰：「一種面白而尾似牛，故名玉面狐狸〔三〕，又名牛尾〔四〕，專食百菓。」〔五〕

梟狐不神，天與之昏〔六〕。

長慶中〔七〕，舉人歌曰：「欲入舉場，先問蘇、張。蘇、張猶可，三楊殺我。」故

〔一〕「虎不知獸之畏己」，《尹文子》作「虎不知獸之畏己而走」，《新序》作「虎不知獸畏己而走」，《戰國策》作「獸畏己而走」。

〔二〕本條出處，有《尹文子》《新序》《戰國策》《春秋後語》四説。從文字相似度看，本條更近似於《春秋後語》。「反以爲畏狐也」，《尹文子》《新序》《戰國策》作「以爲畏狐也」。

〔三〕「玉面狐狸」，《事文類聚》《古今合璧事類備要》作「玉面」，《本草綱目》《格致鏡原》作「玉面狸」。

〔四〕「牛尾」，《獸經》《本草綱目》《格致鏡原》作「牛尾狸」，亦即俗稱的「果子狸」。

〔五〕《古今事文類聚後集》卷三七，注出《廣雅》。

〔六〕出《新唐書》卷二〇七《列傳第一三二》「宦者上」。《白孔六帖》卷九七、《職官分紀》卷二六、《文獻通考》卷五七并引。

〔七〕「長慶中」，《唐摭言》作「太和中」。

輦下謂『三楊』爲『通天狐』〔一〕。

封德彝贊：『妖禽孽狐，當晝則伏。』〔二〕

玄宗貴妃楊氏傳：韓、虢每入謁，并驅道中。從監、侍姆百餘騎，炬密如晝〔三〕，

〔一〕《白孔六帖》卷九七、《山堂肆考》卷二一九、《花木鳥獸集類》卷下注出《牛羊日曆》，現存《牛羊日曆》并無此事，實出《唐摭言》，節略爲文。其文曰：『太和中，蘇景胤、張元夫，爲翰林主人。楊汝士與弟虞卿及弟漢公，尤爲文林表式。故後進相謂曰：「欲入舉場，先問蘇、張。蘇、張猶可，三楊殺我。」大中咸通中，盛傳崔慎相公常寓尺題於知聞。或曰王凝、裴瓚、舍弟安潛，朝中無呼字知聞，廳里絶脱靴賓客。凝終宣城，瓚禮部尚書，安潛侍中。太平王崇、竇賢二家，率以科目爲資，足以陞沉後進。故科目舉人相謂曰：「未見王、竇，徒勞謾走。」』《唐摭言》卷七『陞沉後進』、《唐語林》卷四、《新唐書》卷一七五《楊虞卿傳》、《太平廣記》卷一八一《蘇景胤、張元夫》、《容齋隨筆》五筆卷二、《全唐詩》八六七《舉場語》、《登科記考》卷二八等載之。

〔二〕出《新唐書》卷一〇〇《列傳第二五》，節略『妖禽孽狐，當晝則伏自如，得夜乃爲之祥』而成。《袁氏世範》卷下『狡詐子弟不可用』、《蓮峰集》卷八、《記纂淵海》卷七二、《事林廣記前集》卷八《狡獪不可任用》等載之。

〔三〕『炬密如晝』，《新唐書》作『燭蜜如晝』，《明倫彙編》作『炬密如晝』。

靚妝盈里，不施幃障，時人謂之〔一〕『雄狐』〔二〕。

武后悦張昌宗。桓彦範劾免，楊再思謂爲有功。復官。天下自此貴彦範賤再思。戴令言賦《兩脚狐》〔三〕以譏之〔四〕。

〔一〕『謂之』，《新唐書》《白孔六帖》作『謂爲』。

〔二〕出《新唐書》卷七六列傳第一《后妃上》。《白孔六帖》卷九七《雄狐》、《明倫彙編・宮闈典・妃嬪部》載之。

〔三〕『兩脚狐』，《舊唐書》、《册府元龜》均作『兩脚野狐賦』。

〔四〕出《舊唐書》卷九〇《楊再思傳》，其文曰：『張昌宗坐事，司刑少卿桓彦範劾免其官，昌宗訴諸朝，武后意申釋之，問宰相：「昌宗於國有功乎？」再思曰：「昌宗爲陛下治丹，餌而愈，此爲有功。」后悦，昌宗還官。自是天下貴彦範，賤再思。左補闕戴令言賦《兩脚狐》以譏之，再思怒，謫令言爲長社令，士愈蚩噪。』《新唐書》卷一〇九、《册府元龜》卷三三九、《資治通鑒》卷二〇七、《續世説》卷一一、《古今合璧事類備要》卷七八《兩脚狐》、《湧幢小品》卷二二等載此事。

諺云〔一〕：『狐〔二〕向窟嗥，不祥。以忘本也。』〔三〕

《唐會要》：贊普〔四〕臨陣奔北者〔五〕，懸狐尾於首，以表其狐之性〔六〕怯〔七〕。

〔一〕『諺云』，《安禄山事蹟》卷上，《舊唐書》卷一〇四、《太平御覽》卷九〇九、《資治通鑑》卷二一六等均作『古人云』。

〔二〕『狐』，《安禄山事蹟》《舊唐書》《太平御覽》作『野狐』。

〔三〕出《安禄山事蹟》卷上，其文曰：『哥舒翰素與安禄山、安思順不協，上常和解之，使爲兄弟。是冬，三人俱入朝，上使高力士宴之於城東。禄山謂翰曰：「我父胡，母突厥，公父突厥，母胡，族類頗同，何得不相親？」翰曰：「古人云：狐向窟嗥，不祥。爲其忘本故也。兄苟見親，翰敢不盡心？」禄山以爲譏其胡也，大怒，罵翰曰：「突厥敢爾！」翰欲應之，力士目翰，翰乃止，陽醉而散。自是，爲怨愈深。』《舊唐書》卷一〇四《列傳第五四》，《新唐書》卷一三五《列傳第六〇》、《太平御覽》卷九〇九《獸部二一》、《資治通鑑》卷二一六等載此。

〔四〕『贊普』，《通典》《唐會要》卷九七等此句前無此，爲編輯者所加，改變了句意。

〔五〕『奔北者』，《通典》卷一九〇、《文獻通考》卷三三四同，《舊唐書》作『敗北者』，《唐會要》作『奔逃者』，《太平御覽》作『敗死者』。

〔六〕『以表其狐之性怯』，《通典》《舊唐書》《唐會要》《太平御覽》《文獻通考》作『表其似狐之怯』。

〔七〕出《唐會要》卷九七，節略成文。其文曰：『羅娑北方禿髮，譯語謂吐蕃，其王爲贊普，其國都羅娑城。重兵死，惡病終，以纍世戰没者爲甲門，臨陣奔北者，懸狐尾於首，以表其性似狐之性。』《通典》卷一九〇邊防六、《册府元龜》卷九六一、《舊唐書》卷一九六《列傳一四六》、《白孔六帖》卷九七《垂狐尾》、《太平御覽》卷七九八《四夷部》、《文獻通考》卷三三四《四夷考一一》、《明一統志》卷八九、《天中記》卷一三、《殊域周咨録》卷一一等載此。

《楚辭》曰：『封狐千里。』大狐，健走千里也〔一〕。

《文選》云：『狐兔窟於殿傍。』〔二〕

《春秋潛潭邑〔三〕》：『白狐至，國民利。』〔四〕

《北斗感儀〔五〕》：『南海輸以文狐。』〔六〕

《説苑》：『臣未見〔七〕稷狐見攻。』〔八〕

〔一〕出《楚辭》卷七《招魂》，其句曰：『蝮蛇蓁蓁，封狐千里些。』所謂『大狐，健走千里』，爲注釋之辭，其文曰：『又有大狐，健走，千里求食，不可逢遇也。』

〔二〕出《潘黃門集·西征賦》，《藝文類聚》卷二七、《文選》卷一〇、《全晉文》卷九〇、《舊晉書九家輯本·西征賦》、《歷代賦匯》卷九《西征賦》等載之。

〔三〕『春秋潛潭邑』，據《初學記》《藝文類聚》《太平御覽》作『春秋潛潭巴』。

〔四〕出《春秋潛潭巴》（又名《春秋緯潛潭巴》《春秋傳潛潭巴》《潛潭巴》），其文曰：『白狐至，國民利；不至，下驕恣。』《初學記》卷二九《獸部》，《藝文類聚》卷九九《祥瑞部下》、《太平御覽》卷九〇九《獸部二一》等并載。

〔五〕『北斗感儀』，《文選》作『禮斗威儀』。

〔六〕出《文選》卷三四：《禮斗威儀》曰：「其君乘土而王，南海輸以文狐。」

〔七〕『未見』，《説苑》《容齋四筆》《記纂淵海》作『未嘗見』。

〔八〕出《説苑》卷一一『善説』，亦見《容齋四筆》卷二、《記纂淵海》卷九八、《喻林》卷二六、《經濟類編》卷二四、《天中記》卷六〇、《繹史》卷一三三、《春秋戰國異辭》卷四〇等。

駱賓王《檄》：『蛾眉不肯讓人；狐媚偏能惑主。』〔一〕

《韓詩外傳》：『狐〔二〕，水神也。』〔三〕

李華《鶚執狐記》：某嘗目異鳥，擊豊狐於中野。雙睛曜宿，六翮垂雲，迅若〔四〕電馳，厲若霜殺，吻决肝腦，爪刳腎腸，昂藏自雄，倏欻而逝〔五〕。問名與〔六〕耕者，對曰：『此黄金鶚〔七〕，其何快哉！』因讓之〔八〕曰：『仁人秉心，哀矜不暇，何樂之有？』曰：『是狐也，爲患大矣！震驚我族姻，撓亂我閭里，喜逃徐子之廬，不畏申生〔九〕之矢。皇祇或者其惡貫盈，而以鶚誅之。予非斯禽之快也，而誰爲悲？』夫

〔一〕出《駱丞集》卷四《代李敬業討武氏檄》：『入門見嫉，蛾眉不肯讓人；掩袂工讒，狐媚偏能惑主。』

〔二〕『狐』，《太平御覽》卷九五〇《蟲豸部七》作『短狐』。

〔三〕《太平御覽》卷九〇九《獸部二一》注出《韓詩外傳》。

〔四〕『迅若』，《李暇叔文集》作『迅猶』。

〔五〕『而逝』，《李暇叔文集》作『而遊』。

〔六〕『與』，《李暇叔文集》作『於』。

〔七〕『黄金鶚』，《李暇叔文集》《文苑英華》作『黄金鶚也』。

〔八〕『讓之』，《李暇叔文集》作『識之』。

〔九〕『申生』，《李暇叔文集》作『申孫』。

位高疾僨，厚味腊毒，遵道敢盛〔一〕，或罹諸殃，況假威爲孽，能不速禍？在位者當洒濯其心，祓除兇意，惡是務去，福其大來。不然，有甚於狐之害人，庸忸於鶚之能爾〔二〕。

蘇子美《獵狐篇》：老狐宅城偶〔三〕，涵養體豊大。不知窟穴處，草木但掩靄〔四〕。秋食承露珠〔五〕，夏飲灌園泒〔六〕。暮夜出舍傍〔七〕，鷄畜遭横害。晚登埤堄塢，呼吸召百怪。或爲嬰兒啼，或變艷婦態。不知幾千年〔八〕，出處頗安泰。古語比社鼠，盖亦有恃賴。邑中少年兒，躭獵若沉瘵。遠郊盡雉兔，近水纖鱗介。養犬號青鶻，逐獸馳不再。

〔一〕『敢盛』，《李暇叔文集》作『致盛』。

〔二〕出《李遐叔文集》卷三《鶚執狐記》，《文苑英華》卷八三三、《事文類聚》後集卷三七、《天中記》卷五九、《全唐文》卷三二等載之。

〔三〕『城偶』，《蘇學士集》作『城隅』。

〔四〕『掩靄』，《蘇學士集》作『晻藹』。

〔五〕『露珠』，《蘇學士集》作『露禾』。

〔六〕『泒』，《蘇學士集》作『派』。

〔七〕『舍傍』，《蘇學士集》作『旁舍』。

〔八〕『幾千年』，《蘇學士集》作『幾十年』。

勇聞比[一]老狐，取必將自快。縱犬索幽邃，張人作疆界。兹時頗窘急，迸出赤電駭。群小助嘑嗥，奔馳數顛沛。所向不能入，有類狼失狽。鉤牙[二]咋巨顙，髓血相濡沫。喘叫遂死戾，争觀若期會。何暇正首丘，腥臊滿蒿艾[三]。數穴相穿通，城堞幾隳壞。久矣縱兇妖，一旦果禍敗。皮爲塌上藉，肉作盤中膾。觀此爲之吟，書以爲警戒[四]。

《説狐》終

[一]「比」，《蘇學士集》作「此」。
[二]「鉤牙」，《蘇學士集》作「鉤牙」。
[三]「蒿艾」，《蘇學士集》作「蓬艾」。
[四]出蘇舜欽《蘇學士集》卷一，《事文類聚》後集卷三七題「獵狐記」、《宋元詩會》卷一五、《宋詩抄》卷四，《記纂淵海》卷九八、《古今合璧事類備要·別集》卷七八等載之。

目録

卷三

卷五

卷一

青狐代舜浚井

虞舜，瞽子也，母曰握登。母死，瞽娶繼室，生象。帝堯釐降二女於潙汭，嬪於虞。父頑、母嚚、象傲，克諧以孝，烝烝乂，不格奸。瞽欲殺舜，偕象謀，捐階、焚廩，舜扶兩笠下，得不死。瞽復使浚井，思以土掩之。舜與二女，惶惶無計，庸入不生，庸逆不孝，號泣呼天。天帝憫之，降一青狐，代舜浚井。狐爲土掩，象遂自喜得二女也。遥聞琴聲，心益娱悦，入宫登床，舜匿帷中，鼓琴自若，象赧面悲號，慰得生舜。舜怡怡然，不知己之生也，無時仇怨。

【按】大舜孝格，首見《尚書·堯典》，《孟子·萬章上》《史記·五帝本紀》《列女傳》已詳其事。後《墉城集仙録》《舜子變》等，漸次由史傳諸子典籍，而神話化、民間化，但均無天帝降青狐『代舜浚井』事。至舊署『周遊』撰《開闢演義》第四十三回《大舜躬耕於歷山》，方演此事。其文曰：『瞽叟不明，每聽後妻之言，溺愛於後子，欲至舜於死地。一日，瞽叟夫妻商議，欲陷舜於古井。後妻故出至言，躇躊設計，陷舜死地，故將頭上金釵墮下井中，忙呼舜曰：「我失一股金釵於井中，喜得井中無水，汝可下去拾起，即以與汝，勿可惜了。」舜并不辭，即下井去拾之。後母、瞽叟、象三人見舜下井，上面各將磚石以塞井口，自料此回給舜，必死無疑，各各大喜回家。豈知舜之孝心感動天地。古云「舉心動念，鬼神皆知」，况王者不死。有當方土地，早知其事，預先分付一青面狐，於井中掘開一路，直至山前。彼時狐見舜到井下，即向前引舜至路，只見上面磚石亂紛抛下。舜已走離井中，猶若夢中。』亦可見其民間强盛的生命力與影響力。

白狐九尾

禹年三十未娶，行塗山，有白狐九尾，化爲塗山氏女，名曰憍，造禹。塗山人歌曰：『緌緌〔一〕白狐，九尾龐龐〔二〕。成子家室，乃都攸昌〔三〕。』禹遂娶之，生子啓，辛

〔一〕『緌緌』，《藝文類聚》《初學記》《北堂書鈔》《開元占經》《吴越春秋》《太平御覽》《古今合璧事類備要》《錦繡萬花谷》等作『綏綏』。

〔二〕『龐龐』，《吴越春秋》作『痝痝』。

〔三〕本詩，《吴越春秋》《樂府詩集》作『綏綏白狐，九尾龐龐。我家嘉夷，來賓爲王。成於家室，我都攸昌。天人之際，於茲則行，明矣哉』。

壬癸甲。啓呱呱而泣，禹弗子，惟荒度土功。九年於外，三過其門而不入。庶績惟熙，塗山氏之力也。

【按】大禹娶塗山氏，《藝文類聚》《北堂書鈔》《開元占經》《太平御覽》等認爲出自《呂氏春秋》，而《初學記》《太平御覽》等則認爲出自《吴越春秋》。今《呂氏春秋》卷六記大禹娶塗山氏，與此大異：『禹行功，見塗山之女，禹未之遇而巡省南土。塗山氏之女乃令其妾待禹於塗山之陽，女乃作歌，歌曰「候人兮猗」，實始作爲南音。』與狐無涉，且所歌爲『候人兮猗』，并非『塗山人歌』。而《吴越春秋·越王無餘外傳第六》所載：『塗山之歌曰：「綏綏白狐，九尾痝痝。我家嘉夷，來賓爲王。成家成室，我造彼昌。天人之際，於兹則行。明矣哉！」禹因娶塗山，謂之女嬌。取辛壬癸甲，禹行。十月，女嬌生子啓。啓生不見父，晝夕呱呱啼泣。』與此文有所增益。

本篇當出自《吴越春秋》。

《樂府詩集》卷八三、《開元占經》卷一一六、《藝文類聚》卷九九、《初學記》卷二九、《太平書鈔》一六〇、《太平類聚》九九、《太平御覽》五七一、《路史》卷一二、《能改齋漫録》卷七《有狐綏綏》等并引《呂氏春秋》。

狐變妲己

冀侯蘇護有女，名妲己，年十七歲，姿色絶世，繡工音樂，無不通曉。紂命取入掖庭，護送妲己，至恩州館驛安歇。本驛首領告曰：『此驛幽僻，淫邪所聚之地，往來遊宦被魅者多。賢侯不宜安寢於內。』護叱曰：『吾送后妃入朝，天子有詔在此，何魅之有！』即令妲己寢於正堂，數十婢妾，各持短劍，衛榻之左右，燃燭焚香，親封其户。户外又令壯士，皆持利器，互相替换，巡綽不息。將及夜半，忽有一陣怪風，從户隙而入中堂，婢妾有不卧者，見一九尾狐狸，金毛粉面，遊近榻前，其妾揮劍斬之，忽然燈燭俱滅，其妾先被魅死。狐狸盡吸妲己精血，絶其魂魄，脱其軀殼，而卧於帳中。殆及天明，護啓户來問夜間動静，衆妾告曰：『一夜寒風滅燭，邪氣襲人，然窗扉户牖不動如故。』護怪之，令壯士巡搜驛内前後，果見一妾被魅死於後庭青草池邊。護大驚，遂不少留，即發車馬起程，然不知妲己早被狐狸所魅耳。車馬行至朝歌，先進表章。紂覽罷，宣妲己入朝。見其儀容妖艷，花貌絶群，不勝歡忭，曰：『此女足贖前罪。』遂寵幸異常，恣意淫樂，略無忌憚。或殺諫臣，或戮宫女，或斮人脛，或剖孕婦。妲己日伴遊賞，夜則露其本相，吸取死人精血，其貌益妍。一日，紂宴群臣於瓊林苑，忽見一狐隱於牡丹叢下，紂急令飛廉射之，飛廉曰：『但放金籠鵰鳥，足可逐之。』紂即令開籠放鵰，狐被爪破面，遁匿沉香架後，不見踪跡。令武士掘而搜之，但見一大土窟，堆積骸骨無數，狐不見矣。紂宴罷入宫，見妲己，兩腮俱破，以花葉貼之，乃問其故，妲己笑曰：『早被白鸞兒抓破耳。』紂亦信之，不知其在牡丹花下爲鵰兒所搏也。自是，妲己之形，夜夜出入宫庭，宦官、嬪御，多有看見。城中謡言不止，司空商容切諫，忤旨，出爲庶人。後武王伐紂，紂自焚而死。妲己在摘星樓欲化形遠遁，被殷郊抱住，縛至太公帳前。太公臨埸數罪，命斬之。行刑者悦其花貌，不忍下手，太公大怒，斬行刑者。凡三易，皆然。太公曰：『妲己，乃妖狐也，不現其形，終足惑人。』乃以照魔鏡照之，現其本形。殷郊手起斧落，斬爲兩段。

【按】此文爲余紹魚《春秋列國志傳》卷一至卷十有關妲己故事的縮寫。《春秋列國志傳》目前所存最早刊本爲萬曆丙午（一六〇六）三台館余象斗重刊本，書扉有余象斗款識云：『《列國》一書，乃先族叔翁余邵魚按鑒演義纂集，惟板一付，重刊數次，其板蒙舊。象斗校正，重刻全像批斷以便海内君子一覽。買者須認雙峰堂爲記，余文台識。』《狐媚叢談》爲萬曆二十二年至二十四年刊本，則此段小説，當爲余邵魚舊版《春秋列國志傳》内容殘存。

周文王得青狐

周文王拘羑里，散宜生詣塗山，得青狐以獻，紂免西伯之難。

【按】本篇《太平廣記》卷四四七《狐一》，注出《瑞應圖》。《尚書大傳》作『取怪獸尾倍於身獻紂』，《六韜》作『求珍物以免君之罪』，《白氏六帖》卷九八、《記纂淵海》卷四、《古今合璧事類備要·別集》卷六二作『得白虎以獻紂』，《白氏六帖》卷七作『取白狐獻紂』，《韻語陽秋》卷八、《丹陽集》卷七作『求美女奇物獻於紂』，《藝文類聚》卷九九作『取白狐、青翰獻紂』，《太平御覽》卷八九二作『得玄豹以獻紂』。一事多傳，究無定説。

漢廣川王戟傷白狐

漢廣川王好發塚。發欒書塚，其棺柩、盟器〔一〕，悉毀爛無餘〔二〕，唯有一白狐〔三〕，見人驚走。左右逐之不得〔四〕，戟〔五〕傷其足〔六〕。是夕〔七〕王夢一丈夫，鬚眉盡白，來謂

〔一〕『盟器』，《太平廣記》作『明器』。
〔二〕『其棺柩、盟器，悉毀爛無餘』，《西京雜記》卷六作『棺柩、明器，朽爛無餘』。
〔三〕『唯有一白狐』，《太平廣記》作『唯有白狐一頭』，《西京雜記》作『有一白狐』。
〔四〕『左右逐之不得』，《西京雜記》作『左右逐擊之，不能得』。
〔五〕『戟』，《西京雜記》無此字。
〔六〕『其足』，《搜神記》作『其左足』。
〔七〕『是夕』，《西京雜記》作『其夕』。

王曰：『何故傷吾左足？』以〔一〕杖叩王左足，王覺腫痛，因生瘡〔二〕，至死不瘥。

【按】本篇《太平廣記》卷四四七《漢廣川王》，無出處，從文字看，故事當出於《搜神記》卷一五。《西京雜記》卷六、《北堂書鈔》卷九四《禮儀部》一五『白狐』、《太平御覽》卷三七二、九〇九、《續博物志》卷八、《天中記》卷六〇、《淵鑒類函》卷四三一、《寄園寄所寄》卷五、《格致鏡原》卷八八等載之。

郅伯夷殺狐

汝南汝陽西門亭有鬼魅〔三〕，賓客宿止，有〔四〕死亡，其厲厭者，皆亡髮失精〔五〕。北

〔一〕『以』，《西京雜記》作『乃以』。

〔二〕『腫痛，因生瘡』，《搜神記》作『腫痛，即生瘡』，《西京雜記》作『脚腫痛生瘡』。

〔三〕『汝南汝陽西門亭有鬼魅』，《搜神記》作『後漢時，汝南汝陽西門亭，有鬼魅』，《風俗通義》作『汝陽西門習武亭有鬼魅』。

〔四〕『有』，《搜神記》作『輒有』。

〔五〕此句爲《搜神記》卷一六《鄭奇》條文字。《風俗通義》卷九《鄭奇》與《郅伯夷》條相聯，從文字看，此條更接近《風俗通義》。

部督郵西平郅伯夷年三十所，大有才決，長沙太守郅君章孫也。日晡時到亭，敕前導入，録事掾白：『今尚早，可至前亭。』曰：『欲作文書。』便留。吏卒惶怖，言當解去。傳云：『督郵欲於樓上觀望，亟掃除。』須臾，便上。未冥，樓鐙階下，復有火，敕：『我思道，不可見火，滅去。』吏知必有變，當用赴照，但藏置壺中耳。既冥〔二〕，整服，坐誦《六甲》《孝經》《易本》訖〔三〕，卧有頃，更轉東首，以帤巾結兩足，幘冠之，密拔劍解帶。夜半時〔三〕，有正〔四〕黑者，四五尺稍高，走至柱屋，因覆伯夷。持被掩〔五〕，足跣脱，幾失再三，徐以劍帶擊魅脚，呼下火上，照視，老狐〔六〕正赤，略無衣毛，持下燒殺。明旦，發樓屋，得所髡人髮百餘結〔七〕，因從此絶。伯夷舉孝廉，益陽長。

〔二〕『既冥』，《搜神記》作『日既暝』。
〔三〕『迄』，《太平御覽》作『記』。
〔三〕『夜半時』，《風俗通義》《搜神記》作『夜時』。
〔四〕『正』，上海圖書館藏《狐媚叢談》文字不清，據日本藏《狐媚叢談》補。
〔五〕『持被掩』，《搜神記》作『伯夷持被掩之』。
〔六〕『老狐』，《風俗通義》作『老狸』。
〔七〕『髮百餘結』，《風俗通義》作『結百餘』，《搜神記》《太平御覽》作『髻百結』。

【按】本篇《搜神記》卷一八、《風俗通義》卷九亦收。《太平御覽》卷二五三，録其事注出《列異傳》，而《御覽》卷九一二，則注出《風俗通義》。『郅伯夷』，《搜神記》作『到伯夷』，而《太平御覽》卷二五三則曰『劉伯夷』，并誤。《風俗通義》下文『長沙太守郅君章孫也』，君章，乃郅惲字，《後漢書》卷五九有其傳。

本篇所叙郅伯夷殺狐事，出自《風俗通義》，爲郅伯夷處亭殺狐兩事的捏合。《搜神記》卷一八、《太平御覽》卷二五三等載之。本篇是『驛亭殺狐』的先聲。

靈孝呼阿紫

後漢建安中，沛國郡〔二〕陳羨，爲西海都尉。其部曲王靈孝〔三〕無故逃去，羨欲殺之。居無何，孝復逃走，羨久不見，囚其婦，其婦實對。羨曰：『是必魅將去，當求之。』

〔二〕據《後漢書·郡國志二》，沛爲國，非郡。

〔三〕『王靈孝』，《太平廣記》所引《搜神記》作『士靈孝』，二十卷本《搜神記》、《海事碎録》卷二二一、《琅邪代醉編》及《玉芝堂談薈》卷三一、《淵鑑類函》卷四三一均作『王靈孝』。

因將步騎數十，領獵犬，周旋於城外，求索，果見孝於空塚中。聞人犬聲，怪避〔一〕。羡使人扶以歸〔二〕，其形頗象狐矣，略不復與人相應，但啼呼索『阿紫』。阿紫，雌狐字也。後十餘日，乃稍稍了寤，云：『狐始來時，於屋曲角、鷄棲間，作好婦形，自稱「阿紫」，招我，如此非一。忽然便隨去，即爲妻，暮輒與共還其家，遇狗不覺，云樂無比也。』〔三〕

【按】本篇出《搜神記》卷一八。《太平廣記》卷四四七《陳羡》，《海事碎録》卷二二上、《琅邪代醉編》卷八、《淵鑑類函》卷四三一等載之。

管輅擊狐

魏管輅常夜見一小物，狀如獸，手持火，向口吹之，將爇舍宇。輅命門生舉刀奮

〔一〕『怪避』，《搜神記》作『怪遂避去』。

〔二〕『扶以歸』，《搜神記》作『扶孝以歸』。

〔三〕此後，《搜神記》《太平廣記》復有『道士云：「此山魅也。」《名山記》曰：「狐者，先古之淫婦也，其名曰阿紫，化而爲狐。」故其怪多自稱阿紫』一段。

擊，斷腰。視之，狐也。自此里中無火〔一〕。

【按】本篇自《殷芸小説》卷五《魏世人》，《太平廣記》卷四四七《管輅》，注出《小説》。

樂廣殺狐

樂廣，字彦輔，惠帝時爲河南尹。官舍多妖怪，前尹皆不敢處正堂〔二〕，廣居之不疑。嘗〔三〕外户自閉，左右皆驚，廣獨自若。顧見牆有孔，使人掘牆，得狐狸〔四〕，殺之，其怪遂絶。

【按】本篇源自《異苑》，從文字看，當出《晉書》卷四三《樂廣本傳》。《異苑》卷八、《册府元龜》卷八七七、《通志》卷一二二、《古今事文類聚》後集卷三七《官舍狸怪》、《郝氏續後漢

〔一〕『無火』，《殷芸小説》《太平廣記》作『無火災』。
〔二〕『正堂』，《晉書》《太平御覽》作『正寢』。
〔三〕『嘗』，《太平御覽》作『常』。
〔四〕『狐狸』，《異苑》《晉書》《太平御覽》作『狸』。

書》卷七三、《天中記》卷一六《舍怪》、《廣博物志》卷四七等并載其事。《異苑》載：『樂廣，字彦輔，南陽淯陽人，晉惠帝時爲河南尹。先是，官舍多妖怪，前尹皆於廊下督郵傳中治事，無敢在廳事者，惟廣處之不疑。常白日外户自開，二子凱、横等皆驚怖，廣獨自若。顧見牆有孔，使人掘牆，得狸而殺之，其怪遂絶。』

老狐帶絳繒香囊

晉習鑿齒爲桓温主簿〔一〕，從温〔二〕出獵。時大雪，於臨江〔三〕城西，見草雪下〔四〕氣出，

〔一〕『晉習鑿齒爲桓温主簿』，《搜神後記》作『襄陽習鑿齒，字彦威，爲荊州主簿』，《幽明録》作『習鑿齒，爲荊州主簿』，《太平御覽》作『襄陽習鑿齒爲荊州主簿』。

〔二〕『温』，《搜神後記》《幽明録》《太平御覽》作『桓宣宗』。

〔三〕『臨江』，《搜神後記》《渚宫舊事》《太平御覽》作『江陵』。

〔四〕『雪下』，《搜神後記》《渚宫舊事》《太平御覽》《太平廣記》作『雪上』。

覺有物〔一〕，射之，應弦死〔二〕。往取之，乃老雄狐〔三〕，脚下帶絳繒香囊〔四〕。

【按】本篇出《渚宮舊事》卷五，亦見注出《續搜神記》卷九。《幽明録》、《太平廣記》卷四四七《習鑿齒》、《太平御覽》卷九〇九、《紺珠集》卷一三《足帶囊》、《天中記》卷六〇《足帶香囊》、《香乘》卷九《狐足香囊》、《淵鑒類函》卷四三〇等載之。

華表照狐

張華爲司空〔五〕，於時燕昭王墓前，有一狐狸〔六〕，化爲書生〔七〕，欲詣張公，過問墓

〔一〕「覺有物」，《渚宮舊事》《太平御覽》作「伺視之，一黄物」，《搜神後記》作「伺視，見一黄物」，《幽明録》作「見黄物」。

〔二〕「應弦死」，《渚宮舊事》作「應弦」，《搜神後記》作「應箭死」。

〔三〕「往取之，乃老雄狐」，《搜神後記》《太平御覽》作「往取，乃一老雄狐」，《幽明録》作「即死，是老雄狐」。

〔四〕「脚下帶絳繒香囊」，《搜神後記》作「脚上帶絳綾香囊」，《幽明録》《太平御覽》作「臂帶絳綾香囊」。

〔五〕「張華爲司空」，《搜神記》《太平廣記》作「張華，字茂先，晉惠帝時爲司空」。

〔六〕「狐狸」，《搜神記》《續齊諧記》《太平廣記》作「斑狸」。

〔七〕「化爲書生」，《搜神記》《太平廣記》「積年能爲變幻，乃變作一書生」。

前華表，曰：『以我才貌，可得見司空耶〔一〕？』華表曰：『子之妙解，無爲不可。但張公制度〔二〕，恐難籠絡，出必遇辱，殆不得返。非但喪子千年之質，亦當深誤老表。』狐不從，遂詣〔三〕。

華見其容止風流，雅重之〔四〕。於是，論及文章聲實〔五〕，華未嘗勝〔六〕；次復商略三史，探貫百氏，包十聖，洞三才〔七〕，華無不應聲屈滯，乃歎曰〔八〕：『明公當尊賢

〔一〕『耶』，《搜神記》《太平廣記》作『否』。

〔二〕『制度』，《搜神記》《太平廣記》《太平御覽》作『智度』，當是。

〔三〕『遂詣』，《搜神記》作『乃持刺謁華』。

〔四〕『華見其容止風流，雅重之』，《搜神記》《太平廣記》作『華見其總角風流，潔白如玉，舉動容止，顧盼生姿，雅重之』。

〔五〕『文章聲實』，《搜神記》《太平廣記》作『文章辨校聲實』。

〔六〕『華未嘗勝』，《太平廣記》作『未嘗聞此』。

〔七〕『次復商略三史，探貫百氏，包十聖，洞三才』，《搜神記》作『比復商略三史，探賾百家，談老莊之奧區，披風雅之絶旨，包十聖，貫三才，箴八儒，擿五禮』，《太平廣記》作『此復商三史，探貫三才，箴八儒，擿五禮』。

〔八〕『乃歎曰』，《搜神記》作『乃歎曰：「天下豈有此年少？若非鬼魅，則是狐狸。」乃掃榻延留，留人防護。此生乃曰』，《太平廣記》作『「天下豈有此年少？若非鬼魅，則是狐狸。」書生乃曰』。

容衆，嘉善，矜不能，奈何憎人學問？墨子兼愛，其若是耶？』言卒便退〔一〕。華已使人防門，不得出。既而又問〔二〕華曰：『公門置兵甲闌錡，當是疑僕也〔三〕。恐〔四〕天下之人捲舌而不談，智謀之士望門而不進，深爲明公惜之。』華不答〔五〕，而使人防禦甚嚴。

豐城人雷煥，博物士也〔六〕，謂華〔七〕曰：『聞魅鬼〔八〕忌狗，所別數百年物耳。千年老

〔一〕『便退』，《搜神記》作『便求退』，《太平廣記》作『便請退』。

〔二〕『問』，《搜神記》《太平廣記》作『謂』。

〔三〕『當是疑僕也』，《搜神記》作『當是致疑於僕也』，《太平廣記》作『當是疑於僕也』。

〔四〕『恐』，《搜神記》《太平廣記》作『將恐』。

〔五〕『不答』，《搜神記》《太平廣記》作『不應』。

〔六〕『豐城人雷煥，博物士也』，《搜神記》作『時豐城令雷煥，字孔章，博物士也』，《太平廣記》作『豐城令雷煥，博物士也』。

〔七〕『謂華』，《搜神記》作『來訪華，華以書生白之。孔章曰：「若疑之，何不呼獵犬試之？」乃命犬以試，竟無憚色。狐曰：「我天生才智，反以爲妖，以犬試我，遮莫千試萬慮，其能爲患乎？」華聞益怒曰：「此必真妖也。」』

〔八〕『魅鬼』，《搜神記》作『魑魅』。

精，不復能別。惟千年枯木，照之則形見。』昭王墓前華表，已當千年，使人伐之〔一〕。至，聞華表言曰：『老狐不自知，果誤我事！』於華表穴中，得青衣小兒，長二尺餘。使還，未至洛陽，而變成枯木，遂燃以照之，書生乃是一狐狸。茂先歎曰：『此二物，不值我，千年不復可得。』

【按】本篇出處，有出諸《搜神記》《續齊諧記》《集異記》三說，如《太平御覽》卷九〇九、《古今事文類聚》後集卷三七、《古今合璧事類備要》別集卷七八、《韻府群玉》卷三等均引，出《搜神記》；《太平廣記》卷四四二《張華》，注出《集異記》；《説郛》《虞初志》等，則注出《續齊諧記》。從文字看，本篇當出自《續齊諧記》。

本篇《青瑣高議》別集卷五、《類説》卷六《千年華表》、《説郛》卷一一五《續齊諧記·燕墓斑狸》、《虞初志》卷一、《天中記》卷六〇、《駢志》卷一四《狸誤老表》、《日下舊聞考》卷一四四、《讀禮通考》卷九九、《格致鏡原》卷八八《狸怪》等，并録其事。《三刻拍案驚奇》第二十三回《猴冠欺御史，皮相顯真人》、《型世言》第四十回《陳御史錯認

〔一〕『昭王墓前華表，已當千年，使人伐之』，《搜神記》作『孔章曰：「千年神木，何由可得？」華曰：「世傳燕昭王墓前華表，已經千年。」乃遣人伐華表，使人欲至』。

仙姑，張真人立辨猴詐》等演爲本事。

狐字伯裘

酒泉郡〔一〕每太守到官，無幾輒死〔二〕。後有渤海陳斐，見授此郡，憂愁〔三〕不樂。將行，卜吉凶〔四〕，日者〔五〕曰：「遠諸侯，放伯裘。能解此，則無憂。」斐不解此語，卜者〔六〕曰：「君去，自當解之。」斐既到官，侍醫有張侯，直醫有王侯，卒有史侯、董侯〔七〕，斐心悟曰：「此謂

〔一〕「酒泉郡」，《後搜神記》作「宋酒泉郡」。
〔二〕「無幾輒死」，《太平御覽》作「無幾輒卒死」。
〔三〕「憂愁」，《後搜神記》作「憂恐」。
〔四〕「將行，卜吉凶」，《後搜神記》作「就卜者，占其吉凶」。
〔五〕「日者」，《後搜神記》作「卜者」。
〔六〕「卜者」，《後搜神記》作「答」。
〔七〕「史侯、董侯」，《後搜神記》作「董侯等」，《太平御覽》作「史侯」。

「諸侯」。』乃遠之。即卧，思『放伯裘』之義，不知何謂。夜半後〔一〕，有物來斐被上，便以〔二〕被冒取之。物跳踉，訇訇作聲。外人聞，持火入，欲殺之。鬼〔三〕乃言曰：『我實無惡意，但府君能赦我〔四〕，當深報君耳。』斐曰：『汝爲何物，而忽干犯太守？』魅曰：『我，千歲狐也〔五〕，今字伯裘，有年矣。府君有急難，若呼我字，當自解〔六〕。』斐乃喜曰：『真「放伯裘」之義也。』即便放之，忽然有光〔七〕，赤如電，從户出。

明日夜有擊户者，斐曰：『誰？』曰：『伯裘也。』曰〔八〕：『來何爲？』曰：『白

〔一〕『夜半後』，《續搜神記》作『至夜半後』。
〔二〕『便以』，《續搜神記》作『裴覺，便以』。
〔三〕『鬼』，《續搜神記》作『魅』。
〔四〕『我實無惡意，但府君能赦我』，《續搜神記》作『我實無惡意，但欲試府君耳』。
〔五〕『我，千歲狐也』，《續搜神記》作『我，本千歲狐也，今變爲魅，垂化爲神，而正觸府君威怒，甚遭困厄』，《太平廣記》作『本千年狐』。
〔六〕『若呼我字，當自解』，《續搜神記》作『但呼我字，便當自解』。
〔七〕『忽然有光』，《續搜神記》作『小開被，忽然有光』。
〔八〕『曰』，《續搜神記》作『問』。

事。北界有賊也。』斐驗之，果然。每事先以語斐，無毫髮之差，而咸曰『聖府君』。月餘〔二〕，主簿李音私通斐侍婢〔三〕，既而懼爲伯裘所白，遂與諸侯謀殺斐。伺傍無人，便使諸侯入〔三〕格殺之〔四〕。斐惶怖，大呼：『伯裘救我！』〔五〕即有物如曳一匹絳，剨然作聲。音、侯伏地失魂，乃縛取，考訊之，皆服。云：『斐未到官，音已懼失禮，與諸侯謀殺斐。會諸侯見斥，事不成。』斐即殺音等。伯裘乃謝曰：『未及白音奸情，乃爲府君所召。雖効微力，猶用慚惶。』後月餘，與斐辭曰：『今後當上天，不得復與府君相往來也。』遂去不見。

【按】本篇《太平廣記》卷四四七《陳斐》，注出《搜神記》，實出《搜神後記》卷九。本篇《法苑珠林》卷五〇、《太平御覽》卷九〇九、《賓實録》卷九《伯裘》、《海事碎録》卷九下《聖府君》、卷十三下《放伯裘》、《廣博物志》卷四七、《弘道集》等并引。

〔二〕『月餘』，《續搜神記》作『經月餘』。
〔三〕『李音私通裴侍婢』，《續搜神記》作『李音共裴侍婢私通』。
〔三〕『便使諸侯入』，《續搜神記》《太平廣記》作『便使諸侯持杖入』。
〔四〕『格殺之』，《續搜神記》《太平廣記》作『欲格殺之』。
〔五〕『大呼：「伯裘救我！」』，《續搜神記》《太平廣記》作『即呼：「伯裘來救我！」』

狐截孫巖髮

後魏有挽歌者〔一〕孫巖，取妻〔二〕三年，妻不脱衣而卧，巖私怪之。伺其睡，陰解其衣，有尾長三尺，似狐尾〔三〕。巖懼而出之。甫去〔四〕，將刀截巖髮而走，鄰人逐之，變爲〔五〕一狐，追之不得。其後，京邑被截髮者一百三十人。初變爲婦人，衣服净妝〔六〕，行於道路，人見而悦之，近者被截髮。當時婦人着綵衣者，人指爲狐魅〔七〕。

【按】本篇《太平廣記》卷四四七《孫巖》，注出《洛陽伽藍記》。《洛陽伽藍記》卷四、《天中記》卷六〇《截髮》、《淵鑒類函》卷四三一等載其事。

〔一〕「後魏有挽歌者」，《洛陽伽藍記》作「有挽歌者」。
〔二〕「取妻」，《洛陽伽藍記》作「娶妻」。
〔三〕「似狐尾」，《洛陽伽藍記》作「似野狐尾」。
〔四〕「甫去」，《洛陽伽藍記》《太平廣記》作「甫臨去」。
〔五〕「變爲」，《洛陽伽藍記》作「變成」。
〔六〕「净妝」，《洛陽伽藍記》作「靚妝」。
〔七〕「人指爲狐媚」，《洛陽伽藍記》作「人皆指爲狐媚」。此後，有「熙平二年四月有此，至秋乃止」句。

狐當門嘷叫

夏侯藻〔一〕母病困，將詣淳于智卜。有〔二〕一狐，當門，向之嘷叫〔三〕。藻愕懼〔四〕，遂馳詣智。智曰：『禍〔五〕甚急，君速歸，在嘷處，拊心啼哭，令家人驚怪，大小畢出。一人不出，啼哭勿休，然〔六〕其禍僅可救〔七〕也。』藻如之〔八〕，母亦扶病而出。家人既集，堂屋五間，拉然而崩。

【按】本篇《太平廣記》卷四四七《夏侯藻》，注出《搜神記》。《搜神記》卷三、《晉書》卷九五《淳于智傳》、《册府元龜》卷九六〇、《太平廣記》卷七二七、《太平御覽》卷八八五、《通

〔一〕『夏侯藻』，《搜神記》作『譙人夏侯藻』，《太平御覽》作『譙國夏侯藻』。
〔二〕『有』，《搜神記》作『忽有』。
〔三〕『嘷叫』，《太平御覽》作『嘷唤』。
〔四〕『愕懼』，《搜神記》作『大愕』，《太平御覽》作『愁愕』。
〔五〕『禍』，《太平御覽》作『其禍』。
〔六〕『然』，《太平御覽》作『然後』，當是。
〔七〕『可救』，《搜神記》作『可免』。
〔八〕『如之』，《搜神記》作『如其言』。

志》卷一八二、《事類備要》前集卷五五、《記纂淵海》卷八七、卷九八、《稗史彙編》卷一五八、《九家舊晉書輯本》之王隱《晉書》卷一〇、《周易筮述》卷八等載其事。

胡道洽死不見屍

胡道洽〔一〕，自云廣陵人，好音樂、醫術之事。體有臊氣，恒以名香自防，惟忌猛犬。自審死日，戒〔二〕弟子曰：『氣絶便殯，勿令狗見我屍也。』死於山陽，斂畢，覺棺空，即開看，不見屍體，時人以爲狐也〔三〕。

【按】本篇《太平廣記》卷四四七《胡道洽》，注出《異苑》。《異苑》卷八、《白氏六帖》卷二九、《初學記》卷二九《忌犬》、《太平御覽》卷九九〇、《事類備要》別集卷七八、《天中記》卷六〇《忌犬》、《山堂肆考》卷二一九、《香乘》卷九《狐以名香自防》、《淵鑒類函》卷四三一《忌犬》

〔一〕『胡道洽』，《異苑》作『胡道治者』。

〔二〕『戒』，《異苑》《初學記》《太平御覽》作『誡』。

〔三〕『時人以爲狐也』，《異苑》《初學記》《太平御覽》作『時人咸謂狐也』。

等載此事。胡道洽嫻於醫術，故宋元之時，猶有《胡道洽方》一卷（《崇文總目》作「三卷」）行世。

武平狐媚

北齊後主武平中，朔州府門，無故有小兒脚跡，及擁土爲城雉之狀。察之，乃狐媚。是歲，安南〔一〕起兵於北朔。

【按】本篇《太平廣記》卷四四七《北齊主》，注出《談藪》。《隋書》卷二二《志第一七》「五行上」、《文獻通考》卷三一一《物異考一七》、《南北朝雜記》、《洪範政鑒》卷八下、《山西通志》卷一六二等并載此事。

宋大賢殺狐

隋南陽〔二〕西郊有一亭，人不可止，止則有禍〔三〕。邑人宋大賢以正道自處〔四〕，嘗宿

〔一〕「安南」，《隋書》《文獻通考》《洪範政鑒》均作「南安王」，當是。

〔二〕「隋南陽」，《搜神記》作「南陽」。

〔三〕「有禍」，《法苑珠林》作「害人」。

〔四〕《法苑珠林》下有「不可干」句。

亭樓，夜坐鼓琴〔一〕，忽有鬼來登梯，與大賢語。矃目〔二〕磋齒，形貌可惡。大賢鼓琴如故，鬼乃去。於市中，取死人頭來，還語大賢曰：『寧可少睡〔三〕耶？』因以死人頭投大賢前。大賢曰：『甚佳。吾暮卧無枕，正欲得此〔四〕。』鬼復去，良久乃還，曰：『寧可共手搏耶？』大賢曰：『善。』語未竟，在前〔五〕，大賢便逆捉其腰〔六〕。鬼但急言『死』，大賢遂殺之。明日視之，乃老狐也。自是〔七〕，亭舍更無妖怪〔八〕。

【按】本篇《太平廣記》卷四四七《宋大賢》，注出《法苑珠林》；《法苑珠林》卷三一，注出《搜神記》，則當源出《搜神記》。《搜神記》卷一八、《法苑珠林》卷三一、《淵鑑類函》卷四三一等載之。

〔一〕《搜神記》下有『不設兵仗』句，《法苑珠林》作『而已，不設兵仗』。
〔二〕『矃目』，《法苑珠林》作『瞋目』。
〔三〕『少睡』，《法苑珠林》作『行小熟啗』。
〔四〕『正欲得此』，《法苑珠林》作『正當得此』。
〔五〕『在前』，《搜神記》作『鬼在前』。
〔六〕『腰』，《法苑珠林》作『肋』。
〔七〕『自是』，《太平廣記》作『自此』。
〔八〕『自是，亭舍更無妖怪』，《法苑珠林》作『自此，亭毒更無害怖』。

崔參軍治狐

唐太宗以美人賜趙國公長孫無忌，有殊寵。忽遇狐媚，其狐自稱『王八』，身長八尺餘，恒在美人所。美人見無忌，輒持長刀斫刺。太宗聞其事，詔諸術士，前後數四，不能却。後術者言：『相州崔參軍能愈此疾。』始，崔在州，恒謂其僚云：『詔書見召，不日當至。』數日敕至，崔便上道。王八泣〔一〕謂美人曰：『崔參軍不久將至，爲之奈何？』其發後，止宿之處，輒具以白。及崔將達京師，狐便遁去。

既至，敕詣無忌家，時太宗亦幸其第。崔設案几，坐書一符，太宗與無忌俱在其後。頃之，宅内井、竈、門、厠、十二辰等數十輩，或長或短，狀貌奇怪，悉至庭下。崔問〔二〕曰：『諸君等爲貴官家神，職任不小，何故令媚狐入宅？』神等前白云：『是天狐，力不能制，非受賂也。』崔令捉狐。去少頃，復來，各着刀箭，云：『適已苦戰，

〔一〕『泣』，《廣異記》《太平廣記》作『悲泣』。
〔二〕『問』，《廣異記》《太平廣記》作『訶』。

被傷，終不可得。』言畢，散去。崔又書飛一符，天地忽爾昏暝，帝及無忌懼而入室。俄聞虛空有兵馬聲，須臾，見五人，各長數丈，來詣崔所。行列致敬，崔乃下階，小屈膝。尋呼帝及無忌，出拜庭中，諸神立視而已。崔云：『相公家有媚狐，敢煩執事取之。』諸神敬諾，遂各散去。帝問：『何神？』崔云：『五嶽神也。』又聞兵馬聲，乃縲一狐，墜砌下。無忌不勝憤恚，遂以長劍斫之。狐初不驚，崔云：『此已神通〔二〕，擊之無益，自取困耳。』乃判云：『肆行奸私，神道所殛，量決五下。』狐便乞命。崔取東引桃枝決之，血流滿地。無忌不以爲快，但恨杖少。崔云：『五下，是人間五百，殊非小刑。爲天曹役使此輩，殺之不可。使敕自爾不復至相公家。』狐乃飛去，美人疾遂愈。

【按】本篇《太平廣記》卷四四七《長孫無忌》，注出《廣異記》。

狐神

唐初已來，百姓多事狐神。房中祭祀，以乞恩，食飲與人同之，事者非一主。當

〔二〕『神通』，《廣異記》《太平廣記》作『通神』。

時有諺曰：『無狐魅，不成村。』

【按】本篇《太平廣記》卷四四七《狐神》，注出《朝野僉載》。《朝野僉載》卷六、《天中記》卷六〇《狐神》、《淵鑒類函》卷四三一、《格致鏡原》卷八八、《閲微草堂筆記》卷一〇、《全唐詩》卷八七七《事狐神諺》等并録其事。

野狐戲張簡

唐國子監助教張簡，河南緱氏人也。曾爲鄉學講《文選》，有野狐，假簡形，講一紙書〔一〕而去。須臾，簡至，弟子怪問之。簡異曰：『前來講者〔二〕，必野狐也。』講罷歸舍，見妹坐絡絲，謂簡曰：『適煮菜冷，兄來何遲？』簡坐，久待不至，乃責其妹。妹曰：『元不見兄來，此必是野狐也，更見即殺之。』明日又來，見妹坐絡絲，謂簡

〔一〕『書』，上海圖書館藏《狐媚叢談》版頁空格，據日本藏《狐媚叢談》補。
〔二〕『前來講者』，《朝野僉載》《太平廣記》作『前來者』。

曰：『鬼適魅〔二〕向舍後。』簡遂持棒，見真妹從厠上出來，遂擊之。妹號叫曰：『是兒。』簡不信，因擊殺之。問絡絲者，化爲野狐而走。

【按】本篇《太平廣記》卷四四七《張簡》，注出《朝野僉載》。

狐化爲彌勒佛

唐永徽中，太原有人自稱『彌勒佛』。禮謁之者，見其形底於天，久之漸小，纔五六尺，身如紅蓮花在葉中。謂人曰：『汝等知佛有二身〔三〕乎？其大者爲正身。』禮敬傾邑。僧服禮者，博於内學，歎曰：『正法之後，始入像法；像法之外，尚有末法；末法之法，至於無法。像法處乎其間者，尚數千年矣。釋迦教盡，然後大劫始壞；劫壞之後，彌勒方去兜率，下閻浮提。今釋迦之教未虧，不知彌勒何遽下降？』因是虔

〔二〕『鬼適魅』，《太平廣記》作『鬼魅適』，爲乙文。

〔三〕『二身』，《廣異記》《太平廣記》作『三身』。

誠作禮，如對彌勒之狀。忽見足下是老狐，幡花旄盖，悉是塚墓之間紙錢耳〔二〕。禮撫掌曰：『彌勒如此耶？』具言如狀，遂下走，足之不及。

【按】本篇《太平廣記》卷四四七《僧服禮》，注出《廣異記》。

上官翼毒狐

唐麟德時，上官翼爲絳州司馬。有子，年二十許，嘗曉日獨立門外。有女子年可十三四，姿容絶代，行過門前。此子悦之，便爾戲調，即求歡狎。因問其所止，將欲過之。女云：『我門户雖難〔二〕，郎，州佐之子，兩相〔三〕形迹，不願人知。但能有心，得方便自來相就。』此子邀之，期朝夕。女初固辭，此子將欲便留之，然後漸見許。昏

〔一〕『耳』，《廣異記》作『爾』。
〔二〕『雖難』，《太平廣記》作『雖有』。
〔三〕『兩相』，《廣異記》《太平廣記》作『兩俱』。

後，徙倚俟〔一〕，如期果至。自是每夜常來。

經數日，而舊使老婢於牖中窺之，乃知是魅，以告翼。百方禁斷，終不能制。魅來轉數，晝夜不去。兒每將食，魅必奪之盃碗，此魅已飽，兒不得食。翼常手自作啖，剖以貽兒，至手，魅已取去。翼頗有智數，因此密搗毒藥。時秋晚，油蘇新熟，翼令熬兩叠，以一置毒藥，先取好者作啖，徧與妻子，末乃與兒一啖，魅便接去。次以和藥者作啖，與兒，魅亦將去。連與數啖，忽變作老狐。宛轉而仆〔三〕，擒獲之，登令燒毀，訖，合家歡慶。

此日昏後，聞遠處有數人哭聲，斯須漸近，遂入堂後，并皆稱寃，號擗甚哀。中有一叟，哭聲每云：『苦痛〔三〕，老狐何乃爲喉嚨，枉殺性命〔四〕？』數十日間，朝夕來家，往往見有衣縗絰者。翼深憂之，後來漸稀，經久方絶，亦無害也。

〔一〕『徙倚俟』，《太平廣記》作『徙倚俟之』。
〔二〕『仆』，《太平廣記》作『樸』。
〔三〕『苦痛』，《廣異記》《太平廣記》作『若痛』。
〔四〕『枉殺性命』，《廣異記》《太平廣記》作『枉殺腔幢』。

【按】本篇《太平廣記》卷四四七《上官翼》，注出《廣異記》。《廣異記》卷一一、《廣艷異編》卷三〇《上官翼》録此文。《新唐書》《通志》諸書所録《養生經》一卷，或爲本篇上官翼所撰。

狐稱聖菩薩

唐則天在位，有女人自稱『聖菩薩』，人心所在，女必知之。太后召入宫，前後所言皆驗，宫中敬事之。數月，謂爲『真菩薩』。其後，大安和尚入宫，太后問：『見女菩薩未？』安曰：『菩薩何在？願一見之。』敕與之相見。女菩薩一見和尚風神邈然[一]，久之，大安曰：『汝善觀心，試觀我心安在？』答曰：『師心在塔頭相輪邊鈴中。』尋復問之，曰：『在兜率天彌勒宫中聽法。』第三問之，『在非非想天。』皆如其言，太后忻悦。大安因且置心於四果阿羅漢地，則不能知。大安呵曰：『我心始置阿羅漢之地，汝已不知。若置於菩薩諸佛之地，何由可料？』女詞屈，變作牝狐，下階

[一]『女菩薩一見和尚風神邈然』，《廣異記》《太平廣記》作『和尚風神邈然』。

而走，不知所適。

【按】本篇《太平廣記》卷四四七《大安和尚》，注出《廣異記》。《廣異記》卷一一、《佛祖統記》卷三九、卷五四、《古今合璧事類備要》前集卷四九、《錦繡萬花谷》前集卷二八、《韻府群玉》卷一六、《山堂肆考》卷一四六等并引其事。

本段牝狐與大安和尚的辨鋒，頗含禪理。《西遊真詮》第四十八回『魔弄寒風飄大雪，僧思拜佛履層冰』藉以爲論：『《心經》之妙，妙於無心。心有方所，所非妙心。昔有野狐化女子，能知人心所在，以心有所也。大安和尚置心於四果阿羅漢地，狐女遍覓不得。予謂特狐女耳，置心之心即其所，何以遍覓不得？予即以其置心之心知之。予何心知之？唐僧取經之心甚急，急於功程，不知進退存亡，各有其候。豈知逆施造化，俱出於自然，有心之爲害匪淺。』

狐出被中

唐垂拱初，譙國公李崇義男項生染病，其妻及女，於側侍疾。忽有一狐，從項生被中走出，俄失其所在。數日，項生亡。

【按】本篇《太平廣記》卷四四八《李項生》，注出《五行記》。

王義方使野狐

唐前御史王義方黜〔一〕萊州司户參軍，去官，歸魏州，以講授爲業。時鄉人郭無爲頗有術，教義方使野狐。義方雖能〔二〕呼得之，不伏使，却被群狐競來惱，每擲瓦甕，以擊義方，或正誦讀，即裂碎其書〔三〕，聞空中有聲云：『有何神術，而欲使我乎？』義方竟不能禁止，無何而卒。

【按】本篇《太平廣記》卷四四八《王義方》，注出《朝野僉載》。

何讓之得狐硃字文書

唐神龍中，廬江何讓之赴洛。遇上巳日，將陟老君廟，瞰洛中，遊春冠蓋。廟之

〔一〕『黜』，《朝野僉載》作『出』。
〔二〕『雖能』，《朝野僉載》作『雖』。
〔三〕『裂碎其書』，《朝野僉載》作『裂其書碎』。

東北二百餘步，有大丘三四，時亦號後漢諸陵。故張孟陽《七哀詩》云：『恭文遥相望，原陵鬱膴膴。』原陵，即光武陵。一陵上獨有枯柏三四枝，其下磐石，可容數十人坐。見一翁，姿貌有異常輩，眉鬢皓然，着賓幪巾、襦袴，幘烏紗，抱膝南望，吟曰：『野田荆棘春，閨閣綺羅新。出没頭上日，生死眼前人。欲知我家在何處，北邙松柏正爲鄰。』俄有一貴戚，金翠車輿，女花之婢〔一〕數十，連袂笑樂而出徽安門，抵榆林店。又睇中橋之南北，垂楊拂於天津，繁花明於上苑；紫禁綺陌，軋亂香塵。讓之方嘆棲遲獨行踽踽，已訝前吟翁非人。翁忽又吟曰：『洛陽女兒多，無奈孤翁老去何？』讓之遽欲前執，翁倏然躍入丘中，讓之從焉。

初入丘，曛黑不辨，其逐翁已復本形矣，遂見一狐跳出，尾有火焰，如流星，讓之却出玄堂之外門東。有一筵已空，讓之見一几案，上有硃盞、筆硯之類，有一帖文書，紙盡慘灰色，文字則不可曉解。略記可辨者，其一云：『正色鴻壽〔二〕，神思化代〔三〕。穹

〔一〕『女花之婢』，《太平廣記》《廣艷異編》作『如花之婢』；《歲時廣記》作『如花之妓』。
〔二〕『鴻壽』，《歲時廣記》作『鴻燾』。
〔三〕『代』，《歲時廣記》作『伐』。

施後承，光負玄設。嘔淪吐〔一〕，垠倪散截。迷暘郗曲〔二〕，⿱雨對〔三〕零〔四〕霾曀〔五〕。雀燬龜冰，健馳御屈。拿尾研動，袾袾哲已〔六〕。㫚用秘功，以嶺以穴。柂〔七〕薪伐藥，莽櫟萬茁。嘔〔八〕律則祥，佛倫惟薩。牡虛無有，頤咽蕊屑。肇素未來，晦明興滅。』其二辭云：『五行七曜，成此閏餘。上帝降靈，歲旦涒徐。蛇蛻其皮，吾亦神攄。九九六六，束身天除。何以充喉？吐納太虛。何以蔽踝？霞袂雲袽。哀兩〔九〕浮生，節〔一〇〕比荒墟。吾復麗〔一一〕

〔一〕『嘔淪吐』，《歲時廣記》作『嘔淪吐萌』。
〔二〕『郗曲』，《太平廣記》作『郤曲』。
〔三〕『⿱雨對』，文中小字雙行注曰：『音矇』。
〔四〕『零』，文中小字雙行注曰：『音林乙反』。
〔五〕『曀』，文中小字雙行注曰：『入色』。
〔六〕『已』，《歲時廣記》作『哲』。
〔七〕『柂』，《歲時廣記》作『拖』。
〔八〕『嘔』，《歲時廣記》作『順』。
〔九〕『兩』，《歲時廣記》作『爾』。
〔一〇〕『節』，《歲時廣記》作『栉』。
〔一一〕『麗』，《歲時廣記》作『顯』。

氣，還形之初。在帝左右，道濟忽諸。』〔二〕題云『應天狐超異科策八道』，後文甚繁，難以詳載。讓之獲此書帖，而喜而懷之，遂躍出丘穴。

後數日，水北同德寺僧志静來訪讓之，説云：『前者所獲丘中文書，非君所用，留之不祥。其人近捷上界之科，可以禍福中國，郎君必能却歸此，他亦酬謝不薄。其人謂志静曰：「吾已備三百縑，欲贖此書，如何？」』讓之許諾。志静明日挈三百縑，送讓之，讓之領訖，遂詒僧言：『其書已爲往還所借，更一兩日，當徵之，便可歸本。』讓之復爲朋友所記，云：『此僧亦是妖魅，奈何欲還之？所納絹，但諱之，可也。』後志静來，讓之悉諱，云：『殊無此事，兼不曾有文書。』志静無言而退。

經月餘，讓之先有弟在東吴，别已踰年。一旦，甚弟至焉。與讓之話家私中外，甚有道，長夜則兄弟聯床。經五六日，忽問讓之：『某聞此地多狐作怪，誠有之乎？』讓之遂話其事，而誇云：『吾一月前，曾獲野狐之書文一帖，今見存焉。』

〔二〕《廣艷異編》删去二辭。

其弟固不信：『寧有是事？』讓之至遲旦，揭篋，取此文書帖示弟。弟捧而驚歎，即擲於讓之前，化爲一狐矣。俄見一美少年，若新官之狀，跨白馬，南馳疾去。適有西域胡僧賀云：『善哉！常在天帝左右矣。』少年歎讓之相詒，讓之嗟異。

未幾，遂有敕，捕内庫被人盜貢絹三百匹，尋蹤至此。俄有吏掩至，直挈讓之囊檢焉，果獲其縑。已費數十匹，執讓之赴法，讓之不能雪，卒死〔二〕枯木。

【按】本篇《太平廣記》卷四四八《何讓之》，注出《乾饌子》。《歲時廣記》卷一九、《紺珠集》卷七《狐翁》、《天中記》卷六〇、《廣艷異編》卷三〇《何讓之》、《詩話類編》卷一〇、《淵鑒類函》卷四三一并引其事。《全唐詩》卷八六七、《觀林詩話》收録本篇狐作二辭。

狐化爲婢

唐沈東美爲員外郎，太子詹事佺期之子。家有青衣，死且數歲，忽還家，曰：『吾

〔二〕『死』，《太平廣記》《廣艷異編》作『斃』。

死爲神，今憶主母，故來相見。但吾餓，請一餐可乎？』因命之坐，仍爲具食，青衣醉飽而去。及暮，僮發草積下，得一狐大醉。須臾，狐乃吐其食，盡婢之食也，乃殺之。

【按】本篇《太平廣記》卷四四八《沈東美》，注出《紀聞》。

狐化婆羅門

道士葉法善，括蒼人。有道術，能符禁鬼神，唐中宗甚重之。開元初，供奉在内，位至金紫光禄大夫、鴻臚卿〔二〕。

時有名族，得江外一宰，將乘舟赴任，於東門外，親朋盛筵以待之。宰令妻子與親故車先往胥溪水濱。日暮，宰至，舟旁饌已陳設，而妻子不至。宰復至宅尋之，云：『去矣。』宰驚，不知所以。復出城問行人，人曰：『適食時，見一婆羅門僧，

〔二〕《廣艷異編》無此句。

執幡花前導，有數乘車隨之。比出城門，車内婦人皆下，從婆羅門齊聲稱佛，因而北去矣。』辛遂尋車跡，至北郊墟墓門[一]，有大塚，見其車馬皆憩其旁。其妻與親表婦二十餘人，皆從一僧，合掌口稱佛名。辛呼之，皆有怒色。辛前擒之，婦人遂駡曰：『吾正逐聖者，今在天堂。汝何人，乃敢此抑遏[二]？』至於奴僕，與言皆不應，亦相與繞塚而行。辛因執胡僧，遂失。於是縛其妻及諸婦人，皆諠叫至第，竟夕號呼，不可與言。

辛遲明問於葉師，師曰：『此天狐也，能與天通，斥之則已，殺之不可。然此狐齋時必至，請與俱來。』辛曰：『諾。』葉師仍與之符，令置所居門。既置符，妻及諸人皆寤，謂辛曰：『吾昨見佛來，領諸聖衆，將我等至天堂，其中樂不可言。佛執花前導，吾等方隨後，作法事，忽見汝至，吾故駡，不知乃是魅惑也。』齋時，婆羅門果至，叩門乞食，妻及諸婦人聞僧聲，爭走出門，喧言：『佛又來矣。』辛禁之，不可，

[一]『北郊墟墓門』，《太平廣記》作『北邙虚墓門』。

[二]『汝何人，乃敢此抑遏』，《太平廣記》作『汝何小人，敢此抑遏』，《廣艷異編》作『汝何人，敢此抑遏』。

執胡僧，鞭之見血。面縛，舁之往葉師所。道遇洛陽令，僧大叫稱寃。洛陽令反咎宰，宰具言其故，仍請與俱見葉師。洛陽令不信宰言，强與之去。漸至聖真觀，僧神色慘沮不言，及門，即請命，及入院，葉師命解其縛，猶胡僧也。師曰：『速復汝形！』魅即哀請，師曰：『不可。』魅乃棄袈裟於地，即老狐也。師命鞭之百，還其袈裟，復爲婆羅門。約令去千里之外，胡僧頂禮而去，出門遂亡。

【按】本篇《太平廣記》卷四四八《葉法善》，注出《紀聞》。《廣艷異編》卷三〇，題『婆羅門』。

道士收狐

楊伯成，唐開元初，爲京兆少尹。一日，有人詣門，通云『吴南鶴』。伯成見之〔一〕，年三十餘，身長七尺，容貌甚盛。引之升座，南鶴文辯無雙，伯成接對不暇。久之，請屏左右，欲有密語，乃云：『聞君小娘子令淑，願事門下。』伯成甚愕，謂

〔一〕『伯成見之』，《廣異記》《太平廣記》作『伯成見』。

南鶴曰：『女因媒而嫁，且邂逅相識，君何得便爾？』南鶴大怒，呼伯成爲『老奴』：『我索汝女，何敢有逆慢辭〔一〕！』伯成不知所以。南鶴竟脱衣入内，直至女所，坐紙隔子中。久之，與女隨而出〔二〕。女言：『今嫁吴家，何因嗔責？』伯成知是狐魅，令家人十餘輩擊之，反被料理，多遇泥塗兩耳者。伯成以此請假二十餘日。敕問：『何以不見楊伯成？』皆言其家爲狐惱。詔令學葉道士術者十餘輩，至其家，悉被泥耳，及縛，無能屈狀。伯成以爲愧恥。及賜告，舉家還莊。於莊上立『吴郎院』，家人竊罵，皆爲料理〔三〕，以此無敢言者。

伯成暇日無事，自於田中看人刈麥，休息於樹下。忽有道士，形甚瘦悴，來伯成所求漿水，伯成因爾設食。食畢，道士問：『君何故憂愁？』伯成懼南鶴，附耳説其事。道士笑曰：『身是天仙，正奉帝命追捉此等四五輩。』因求紙筆，楊伯成使小奴取之，然猶懼其知覺，戒令無喧。紙筆至，道士作三字，狀如古篆，令小奴持

〔一〕『有逆慢辭』，《廣異記》《太平廣記》作『「有逆」，慢辭甚衆』。

〔二〕『與女隨而出』，《廣異記》《太平廣記》作『與女兩隨而出。』

〔三〕『皆爲料理』，談本《太平廣記》作『皆爲料理毒害。』

至南鶴所，放前云：『尊師喚汝。』奴持書入房，見南鶴方與家婢相謔，奴以書授之。南鶴匍匐而行，至樹下，道士呵曰：『老野狐，敢作人形！』遂變爲狐，異常病疥。道士云：『天曹驅使此輩，不可殺之，然以君故，不可徒爾。』以小杖決之一百，流血被地。伯成以珍寶贈饋，道士不受，驅狐前行，自後隨之，行百餘步，至柳林邊，冉冉昇天，久之遂滅。

伯成喜甚，至於舉家稱慶。其女睡，食頃方起，驚云：『本在城中隔子裏，何得至此？』衆人方知爲狐所魅，精神如睡中云[一]。

【按】本篇《太平廣記》卷四四八《楊伯成》，注出《廣異記》。《廣異記》卷一一、《廣艷異編》卷二九《吴南鶴》載之。

狐竊美婦

唐開元中，彭城劉甲者，爲河北一縣，將之官，途經山店，夜宿，人見甲婦

[一]『如睡中云』，《廣異記》《太平廣記》作『如睡中』。

美白，云：『此有靈祇，好偷美婦，前後至者，多爲所取，宜慎防之。』甲與家人相勵不寐，圍繞其婦，仍以麵粉塗婦身首。至五更後，甲喜曰：『鬼神所爲，在夜中耳。今天將曙，其如我何！』乃假寐〔一〕。頃之〔二〕，失婦所在〔三〕。甲以資帛顧村人，悉持棒，尋麵而行。初從窗孔中出，漸過墻東，有一古墳，墳上有大桑樹，下一小孔〔四〕，麵入其中，因發掘之。丈餘，遇大樹坎如連屋，老狐〔五〕坐據玉案前，兩行有美女十餘輩，悉持〔六〕聲樂，皆前後所偷人家女子也。旁有小狐數百頭，悉殺之。

【按】本篇《太平廣記》卷四四八《劉甲》，注出《廣異記》。

〔一〕『乃假寐』，《廣異記》、談本《太平廣記》作『因乃假寐』。

〔二〕『頃之』，《廣異記》作『頃之間』。

〔三〕『失婦所在』，《太平廣記》作『聞失婦所在』。

〔四〕『下一小孔』，《廣異記》作『下小孔』，《太平廣記》作『下下孔』。

〔五〕『老狐』，《廣異記》作『有老狐』。

〔六〕『悉持』，《廣異記》作『持』。

欒巴斬狐

欒巴，成都人也。少而好道，不修俗事，時太守躬詣巴，請屈爲功曹，待以師友之禮。巴到，太守曰：『聞功曹有道，可試見一奇乎？』巴曰：『唯。』即平坐，却入壁中去，冉冉如雲氣之狀。須臾，失巴所在〔一〕。

後舉孝廉，除郎中，遷豫章太守。廬山廟有神，能於帳中，共外人語，飲酒空中投杯。人往乞福，能使江湖之中，分風舉帆，行船相逢〔二〕。巴至郡中〔三〕，便失神所在。巴曰：『廟鬼詐爲天官，損百姓日久，罪當治之。』巴遂以事付功曹，自行捕逐〔四〕，云：『若不時討，恐其後遊行天下，所在血食，枉病良民。』責以重禱，乃下所在，推問山川社稷，求鬼踪跡。此鬼於是走至齊郡，化爲書生，善談五經，太守以女妻之。

〔一〕此後，《太平廣記》尚有『壁外人見化成一虎，人并驚。虎徑還功曹舍，人往視虎，虎乃巴成也』句。

〔二〕『行船相逢』，《太平廣記》作『行各相逢』。

〔三〕『巴至郡中』，《太平廣記》作『巴至郡，往廟中』。

〔四〕『巴遂以事付功曹，自行捕逐』，《太平廣記》作『遂以事付功曹，巴自行捕逐』。

巴知其所在，上表，請解郡守，往捕其鬼。巴到，詣太守，曰：『聞君有賢婿，願見之。』鬼已知巴來，託病不出。巴謂太守曰：『令婿，非人也，是老狐，詐爲廟神。今走至此，故來取之。』太守召之，不出〔一〕。巴曰：『出之甚易。』請太守筆硯，奏案，乃作符〔二〕。符成，長嘯，空中忽有人將符去，亦不見人形，一座皆驚。符至，書生向婦泣〔三〕曰：『去，必死矣。』須臾，書生自齎符，來至庭下，見巴，不敢前。巴叱曰：『老狐〔四〕，何不復爾形？』應聲即變爲狐狸〔五〕，叩頭乞活，巴敕殺之，皆見空中刀下，狐狸頭墮地。太守女已生一兒，復化爲狐狸〔六〕，亦殺之。

〔一〕『巴到，詣太守，曰：「聞君有賢婿，願見之。」鬼已知巴來，託病不出。巴謂太守曰：「令婿，非人也，是老狐，詐爲廟神。今走至此，故來取之。」太守召之，不出』，《太平廣記》作『其鬼不出，巴謂太守：「賢壻，非人也，是老鬼，詐爲廟神，今走至此，故来取之」』。

〔二〕『奏案，乃作符』，《太平廣記》作『設案，巴乃作符』。

〔三〕『泣』，《太平廣記》作『啼泣』。

〔四〕『老狐』，《太平廣記》作『老鬼』。

〔五〕『狐狸』，《太平廣記》作『一狸』。

〔六〕『狐狸』，《太平廣記》作『一狸』。

巴去，還豫章守。郡多鬼，又多獨足鬼，爲百姓患〔一〕。巴到後，更無此患，妖邪一時滅矣。

【按】本篇《太平廣記》卷一一《欒巴》，注出《神仙傳》。《神仙傳》卷五載：『欒巴，蜀人也。太守請爲功曹，以師事之，請試術，乃平生入壁中去，壁外人叫虎狼，還乃巴也。還豫章太守，有廟神能與人言語，巴到，推社稷，問其蹤由，乃老往齊爲書生。太守以女妻之，生一男。巴往齊，敕一道符，乃化爲狸。』《神仙傳》顯然不是《太平廣記》『欒巴』的原始出處。本篇《神仙傳》卷五、《北堂書鈔》卷七七《欒巴有道》、《太平御覽》卷九一二《獸部二十四》、《歷世真仙題道通鑒》卷一五、《蜀中廣記》卷七一、《水經注疏》卷三九等載之。欒巴事，多有入詩入曲者，《録鬼簿》卷上著録李進取《神龍殿欒巴噀酒》雜劇，《警世通言》第三十六卷《皂角林大王假形》，引爲入話。

狐稱高侍郎

唐草場官張立本有女，爲妖物所魅。其妖來時，女即濃妝盛服於閨中，如與人語

〔一〕『患』，《太平廣記》作『病』。

笑；其去，即狂呼號泣不已。久，每自稱『高侍郎』。一日，忽吟詩〔一〕云：『危冠廣袖楚宮妝，獨步閒庭逐夜涼。自把玉簪敲砌竹，清歌一曲月如霜。〔二〕』立本乃隨口抄之。立本與僧法舟爲友，舟至其宅〔三〕，本出詩示之，云：『某女少不曾讀書，不知因何而能？』舟乃與立本兩粒丹，令其女服之。不旬日，而疾愈〔四〕。其女云〔五〕：『宅後有竹叢，與高鍇侍郎墓近，其中有野狐窟穴，因被其魅。』服丹之後，不聞其疾再發矣。

【按】本篇《太平廣記》卷四四八《張立本》，注出《會昌解頤録》。《全唐詩》卷二一四、七九九、八六七録文中之詩。

〔一〕『詩』，《太平廣記》作『一首』。

〔二〕此詩《全唐詩》卷二一四題『聽張立本女吟』、卷八六七題『高侍郎詩』。詩中『玉簪』，《石倉歷代詩選》《全唐詩》卷二一四作『玉釵』。

〔三〕『舟至其宅』，《太平廣記》作『至其家』。

〔四〕『而疾愈』，《太平廣記》作『而疾自愈』。

〔五〕『云』，《太平廣記》作『説云』。

劉元鼎逐狐爲戲

劉元鼎爲蔡州使〔一〕，蔡州新破，食〔二〕場狐暴，劉遣吏生捕，日於毬場縱犬逐之爲樂，經手〔三〕所殺百數。後獲一疥狐，縱五六犬，皆不敢逐，狐亦不走。劉大異之，令訪大將軍家獵狗，及監軍亦自跨〔四〕巨犬，至皆弭〔五〕環守之。狐良久纔跳〔六〕，直上設廳，穿臺盤出廳後，及城牆，俄失所在。劉自是不復命捕。

【按】本篇《太平廣記》卷四五四《劉元鼎》，注出《酉陽雜俎》。本篇出《酉陽雜俎》卷一五《諾臯記下》，小説編者將《酉陽雜俎》故事一分爲三，前後放在「説狐」部，此處録劉元鼎故事，亦見《淵鑒類函》卷四三一、《子史精華》卷一三七等。

〔一〕「蔡州使」，《酉陽雜俎》作「蔡州」。
〔二〕「食」，叢書集成新編本《酉陽雜俎》有小字作「一説倉」。
〔三〕「經手」，《酉陽雜俎》《太平廣記》等均作「經年」。
〔四〕「跨」，叢書集成新編本《酉陽雜俎》作「誇」。
〔五〕「弭」，《酉陽雜俎》作「弭耳」。
〔六〕「纔跳」，《酉陽雜俎》《太平廣記》作「緩跡」。

卷二

李參军娶狐

唐兗州〔一〕李參軍拜職赴任〔二〕，途次新鄭逆旅。遇老人讀《漢書》，李因與交言，便及身事〔三〕。老人問：『先婚阿誰〔四〕？』李辭未婚，老人曰：『君，名家子，當選姻好〔五〕。今聞陶貞益爲彼州都督，若逼以女妻君，君何以辭之？陶、李

〔一〕『兗州』，《太平廣記》作『兑州』。
〔二〕『赴任』，《廣異記》作『赴上』。
〔三〕『身事』，《廣異記》《太平廣記》作『姻事』。從下文内容看，當爲『姻事』。
〔四〕『先婚阿誰』，《廣異記》《太平廣記》作『先婚何家』。
〔五〕『當選姻好』，談本《太平廣記》作『當選婚好』。

爲姻〔一〕，深駭物聽。僕雖庸叟〔二〕，竊爲足下羞之。今去此數里，有蕭公，是吏部璿之族，門第亦高，見有數女，容色殊麗。』李聞而悦之，因求老人紹介於蕭氏，其人便許之。

去久之，方還，言：『蕭公甚歡，敬以待客。』李與僕御偕行。既至，蕭氏門館清肅，甲第顯焕，高槐脩竹，蔓延連亘，絶世之勝境。初二黄門持金倚床延坐，少時，蕭出，着紫蜀衫，策鳩杖，兩袍袴扶側，雪髯神鑿，舉動可觀。李望敬之，再三陳謝。蕭云：『老叟懸車之所，久絶人事，何期君子迂道見過。』叙畢〔三〕，尋薦珍膳，海陸交錯，多有未名之物。食訖〔四〕，觴宴，老人云〔五〕：『李參軍向欲論親，已蒙許諾。』蕭便叙數十句語，深有士風。作書與縣官，請卜人尅日。須臾，卜人至：『公〔六〕卜，吉正

〔一〕『爲姻』，《廣異記》《太平廣記》作『爲婚』。
〔二〕『庸叟』，《太平廣記》、談本《太平廣記》作『庸劣』。
〔三〕『叙畢』，《廣異記》《太平廣記》作『延李入廳，服玩隱映，當世罕遇』。
〔四〕『食訖』，《廣異記》《太平廣記》作『食畢』。
〔五〕『云』，《廣異記》《太平廣記》作『乃云』。
〔六〕『公』，《廣異記》《太平廣記》均無此字。

在此宵。』又〔一〕作書與縣官，借頭花叙媚〔二〕兼手力等，尋而皆至。其夕，亦有縣官作儐夾〔三〕，歡樂之事，與世不殊。至入青廬，婦人又姝美，李氏〔四〕愈悦。曁明，蕭公乃言：『李郎赴任〔五〕有期，不可久住。』便遣女子隨去。寳鈿犢車五乘，奴婢人馬三十匹，其他服玩不可勝數，見者謂是王妃公主之流，莫不健羨。

李至任，積二年，奉使入洛，留婦在舍。婢等并狐〔六〕，蠱冶衒惑丈夫，往來者多經過焉。異日，參軍王顒曳狗將獵，李氏群婢見狗甚駭，咸入門〔七〕。顒素疑其妖媚，

〔一〕『又』，《廣異記》《太平廣記》作『蕭又』。
〔二〕『叙媚』，《廣異記》《太平廣記》作『釵絹』。
〔三〕『作儐夾』，《廣異記》《太平廣記》作『來作儐相』，當是。
〔四〕『李氏』，《廣異記》《太平廣記》作『李生』。
〔五〕『赴任』，《廣異記》《太平廣記》作『赴上』。
〔六〕『狐』，《廣異記》《太平廣記》作『妖媚』。
〔七〕『咸入門』，《廣異記》《太平廣記》作『多騁而入門』。

是日〔一〕心動，逕牽狗入其宅，合家拘〔二〕堂門不敢喘息，狗亦掣攣號呼〔三〕。李氏門婦言曰〔四〕：『昨婢等夢爲犬咋，今見而懼〔五〕。王顒何事牽犬入人家？同僚一家〔六〕，獨不知爲〔七〕李參軍之第乎？』顒意是狐，乃決意排窗放犬，咋殺群狐。惟李妻〔八〕身是人，而其尾不變狐，嗟嘆久之〔九〕。時天寒，乃埋一處。

經十餘日，蕭使君遂至，入門號哭，莫不驚駭。既而〔一〇〕，詣陶開訴，言詞確實，

〔一〕『是日』，《廣異記》《太平廣記》作『爾日』。
〔二〕『拘』，《廣異記》《太平廣記》作『拒』。
〔三〕『號呼』，《廣異記》《太平廣記》作『號吠』。
〔四〕『李氏門婦言曰』，《廣異記》《太平廣記》作『李氏婦門中大詬曰』。
〔五〕『昨婢等夢爲犬咋，今見而懼』，《廣異記》《太平廣記》作『婢等頃爲犬咋，今尚遑懼』。
〔六〕『同僚一家』，《廣異記》《太平廣記》作『同官爲僚』。
〔七〕『獨不知爲』，《廣異記》《太平廣記》作『獨不爲』。
〔八〕『李妻』，《廣異記》《太平廣記》作『妻死』。
〔九〕『嗟嘆久之』，《廣異記》《太平廣記》在此句前有『顒往白貞益，貞益往取驗覆，見諸死狐』句。
〔一〇〕『既而』，《廣異記》《太平廣記》作『數日』。

容服高貴，陶甚敬待，因收顒〔一〕下獄。顒〔二〕固執是狐，取前犬令咋。時蕭、陶對食，犬在蕭邊，引犬頭於〔三〕膝上，以手撫之，然後與食，犬無搏噬之意。後數日，李氏〔四〕亦還，號哭纍日，欻然發怒〔五〕，齧顒通身盡腫。蕭謂李曰：『奴僕皆言死者悉是野狐，何期冤抑〔六〕如是！當時〔七〕即欲開瘞，恐李郎被眩惑，不見信。今宜開視，以明奸妄也。』命開視，悉是人形。李益悲慟〔八〕，貞益以顒罪重，繫錮深刻〔九〕。顒私白云：『已令持十萬於東都取吠狐犬，往來可十餘日。』貞益又以公錢百千益之，其犬竟

〔一〕『顒』，《廣異記》《太平廣記》作『王顒』。
〔二〕『顒』，《廣異記》《太平廣記》作『王』。
〔三〕『於』，《廣異記》《太平廣記》無此字。
〔四〕『李氏』，《廣異記》《太平廣記》作『李生』。
〔五〕『欻然發怒』，《廣異記》《太平廣記》作『剡然發狂』。
〔六〕『何期冤抑』，《廣異記》《太平廣記》作『何其苦痛』。
〔七〕『當時』，《廣異記》《太平廣記》作『當日』。
〔八〕『李益悲慟』，《廣異記》《太平廣記》作『李愈悲泣』。
〔九〕『繫錮深刻』，《廣異記》《太平廣記》作『錮身推勘』。

至。會一日〔一〕，蕭謁陶，陶於正廳立待，蕭入府，顔色沮喪，舉動惶擾，有異於常。俄而〔二〕，犬自外入，蕭忽化作〔三〕老狐，下階趍走〔四〕數步，爲犬所獲，從者皆死〔五〕。貞益使驗死者，悉是野狐，顒遂獲免〔六〕。

【按】本篇《太平廣記》卷四八四《李參軍》，注出《廣異記》。《狐媚叢談》此條，與《太平廣記》文字有别者三十五處，而與《艷異編》全同，此條應當從《艷異編》過録。《廣異記》卷一一、《暇老齋雜記》卷七、《艷異編》卷三十三、《情史類略》卷二一、《物妖志》等，録其事。

狐與黄撅爲妖

唐定州刺史鄭宏之解褐爲尉，尉之廨宅，久無人居。屋宇頹毁，草蔓荒涼。宏之

〔一〕『會一日』，《廣異記》《太平廣記》作『所由』。
〔二〕『俄而』，《廣異記》《太平廣記》作『俄』。
〔三〕『忽化作』，《廣異記》《太平廣記》作『作』。
〔四〕『趍走』，《廣異記》《太平廣記》作『走』。
〔五〕『爲犬所獲，從者皆死』，《廣異記》《太平廣記》作『爲犬咋死』。
〔六〕『獲免』，《廣異記》《太平廣記》作『見免此難』。

至官，薙草修屋，就居之。吏人固争，請宏之無入。宏之曰：『行正直，何懼妖鬼！吾性禦妖〔二〕。』終不可移。

居二日夜中，宏之獨卧前堂，堂下明火，有貴人從百餘騎，來至庭下，怒曰：『何人敢唐突居此？〔三〕』命牽下，宏之不答。牽者至堂，不可近，宏之乃起。貴人命一長人，取宏之。長人陞階循墻而走，吹滅諸燈，燈皆盡，惟宏之前一燈存焉。長人前欲滅之，宏之杖劍擊長人，流血灑地，長人乃走。貴人漸來逼，宏之具衣冠，請與同坐。言談通宵，情甚款洽。宏之知其無備，拔劍擊之，貴人傷，左右扶之，遽云：『王今見損，如何？』乃引去。既而，宏之命役徒百人，尋其血，至北垣下，有小穴方寸，血入其中。宏之命掘之，入地一丈，得狐大小數十頭，宏之盡執之，穴下又掘丈餘，得大窟，有老狐，裸而無毛，據土床坐。諸狐侍之者十餘頭，盡拘之。老狐言曰：『無害予，予祐汝。』宏之命積薪堂下，火作，投諸狐，盡焚之。次及老狐，狐乃

〔二〕『禦妖』，《太平廣記》作『禦禦』。《廣艷異編》作『强禦』。

〔三〕『何人敢唐突居此』，《太平廣記》《廣艷異編》作『何人唐突，敢居於此』。

搏頰請曰：『吾已千歲，能與天通。殺予不祥，捨我何害？』宏之乃不殺，鎖之庭槐。初夜，有諸神鬼自稱『山林、川澤、叢祠之神』，來謁之，再拜言曰：『不知大王罹禍乃爾。雖欲脱王，而苦無計。』老狐頷之。明夜，又諸社鬼朝之，亦如山神之言。後夜，有神自稱『黄撅』，多將翼從，至狐所，言曰：『大兄何忽如此？』因以手攬鎖，鎖爲之絶。狐亦化爲人，相與去，宏之走追之，不及矣。

宏之以爲『黄撅』之名，乃狗號也，『此中誰有狗名「黄撅」者乎？』既曙，乃召胥吏問之，吏曰：『縣倉有狗老矣，不知所至。以其無尾，故號爲「黄撅」，豈此犬爲妖乎？』宏之命取之。既至，鎖繫將就烹。犬人言曰：『吾，實黄撅神也，君勿害我。我常隨君，君有善惡，皆預告君，豈不美歟？』宏之屏人與語，乃什之〔二〕。犬化爲人，與宏之言，夜久方去。宏之掌寇盗，忽有刼賊數十人入界，止逆旅，黄撅神來告，曰：『某處有刼，將行盗，擒之可遷官。』宏之掩之，果得，遂遷秩焉。後宏之纍任將遷，神必預告。至如殃咎，常令廻避，罔有不中，宏之大獲其報。宏之自寧州

〔二〕『什之』，《太平廣記》《廣艷異編》作『釋之』。

刺史改宣州〔一〕，神與宏之訣去，以是人謂宏之禄盡矣。宏之至州兩歲，風疾去官。

【按】本篇《太平廣記》卷四四九《鄭宏之》，注出《紀聞》。《廣豔異編》卷二三，題『黄撅神』。

羅公遠縛狐

唐汧陽令，不得姓名，在官，忽云：『欲出家。』念誦懇至。月餘，有五色雲生其舍，又見菩薩坐獅子上呼令，歎嗟云：『發心弘大，當得上果。宜堅固自保，無爲退敗耳。』因爾飛去。令因禪坐，閉門不食六七日，家以憂懼，恐以堅持損壽。會羅道士公遠自蜀之京，途次隴上，令子請問其故。公遠笑曰：『此是天狐，亦易耳。』因與書數符，當愈。令子投符井中，遂開門，見父餓憊，逼令吞符，忽爾明

〔一〕『宣州』，《太平廣記》作『定州』。鄭宏之，據清趙鉞、勞格撰《唐御史臺精舍題名考》，其最終職務爲『定州刺史』，故當以『定州』爲是。

晤，不復論修道事。

後數載，罷官過家。家素郊居，平陸澶漫，直千里。令暇日倚杖出門，遥見桑林下有貴人，自南方來，前後十餘騎，狀如王者，令入門避之。騎尋至門，通云：『劉成謁令！』令甚驚愕，初不甚相識，何以見詣。既見，升堂坐，謂令曰：『蒙賜婚姻，敢不拜命。』初，令在任有室，女年十歲，至是十六矣。令曰：『未審相識，何嘗有婚姻？』成云：『不許我婚姻，事亦易耳。』以右手掣口而立，令宅須臾震動，井厠交流，百物飄蕩。令不得已，許之婚，尅期翌日，送禮〔二〕成親。成親後，恒在宅，禮甚豐厚，資以饒益，家人不之嫌也。

他日，令子詣京，求見公遠。公遠曰：『此狐舊日無能，今已善符籙，吾所不能及，奈何？』令子懇請，公遠奏請行。尋至所居，於令宅外十餘步設壇，成策杖至壇所，罵老道士云：『汝何爲往來，靡所忌憚？』。公遠設法，成求與戰〔三〕。成坐令門，

〔二〕『送禮』，《廣異記》《太平廣記》作『遂送禮』。

〔三〕『公遠設法，成求與戰』，《廣異記》《太平廣記》作『公遠法，成求與交戰』。

公遠坐壇，乃以物擊成，成仆於地，久之方起，亦以物擊公遠，公遠亦仆如成焉。如是，往返數十。公遠忽謂弟子云：『彼擊余殪，爾宜大哭〔二〕，吾當以神法縛之。』及其擊也，公遠仆地，弟子大哭。成喜，不爲之備，公遠遂使神往擊之。成大戰恐，自言力竭，變成老狐。公遠既起，以坐具撲狐，重之以大袋，乘驛還都。玄宗視之，以爲歡笑。公遠上白云：『此是天狐，不可得殺，宜流之東裔耳。』書符流於新羅，狐持符飛去。今新羅有劉成神，人〔三〕敬事之。

【按】本篇《太平廣記》卷四四九《汧陽令》，注出《廣異記》。

狐戲焦煉師

唐開元中，有焦煉師修道，聚徒甚衆。有黄裙婦人自稱『阿胡』，就焦學道術。經

〔二〕『大哭』，《廣異記》《太平廣記》作『大臨』，誤。
〔三〕『人』，《廣異記》《太平廣記》作『士人』。

三年，盡焦之術而固辭去。焦苦留之，阿胡云：『已是野狐，本來學術，今無術可學，義不得留。』焦因以術〔一〕拘留之，胡隨事酬答，焦不能及。乃於嵩頂設壇，啓告老君，自言：『己雖不才，然是道家子弟〔二〕，妖狐所侮，恐大道將墮。』言意懇切。壇四角忽有香烟出，俄成紫雲，高數十丈，雲中有老君見立。因禮拜，陳云：『正法已爲妖狐所學，當更求法以除之〔三〕。』老君乃於雲中作法，有神王於雲中以刀斷狐腰，焦大歡慶。老君忽從雲中下，變作黃裙婦人而去。

【按】本篇《太平廣記》卷四四九《焦煉師》，注出《廣異記》。焦煉師爲唐著名道士，李白作《贈嵩山焦煉師》、王昌齡有《謁焦煉師》等，可見其盛。

狐居竹中

唐吏部侍郎李元恭，其外孫女崔氏，容色殊麗，年十五六，忽得魅疾。久之，狐

〔一〕『因以術』，《廣異記》《太平廣記》作『因欲以術』。
〔二〕『子弟』，《廣異記》《太平廣記》作『弟子』。
〔三〕『除之』，《廣異記》《太平廣記》作『降之』。

遂見形，爲少年，自稱『胡郎』，纍求術士不能去。元恭子博學多智，常問：『胡郎亦學否？』狐乃談論，無所不至。多質疑於狐，頗狎樂。久之，謂崔氏曰：『人生不可不學。』乃引一老人，授崔經史，前後三載，頗通諸家大義。又引一人，教之書，涉一載，又以書〔一〕著稱。又云：『婦人何不會音聲？箜篌、琵琶，此固凡樂，不如學琴。』復引一人至，云善彈琴，言姓胡，是隋時陽翟縣博士，悉教諸曲，備盡其妙，及他名曲，不可勝紀。自云：『亦善《廣陵散》。比屢見嵇中散，不使授人。』其於《烏夜啼》尤善，傳其妙。李後問胡郎：『何以不迎婦歸家？』狐甚喜，便拜謝云：『亦久懷之。所不敢者，以人微故爾。』是日，遍拜家人，歡躍備至。李問胡郎：『欲送女，子宅在何所？』狐云：『某舍門前有二大竹。』時李氏家有竹園，李因尋行所，見二大竹間，有一小孔，意是狐窟，引水灌之。初得狐猵〔二〕，及他狐數十頭〔三〕，最後有一老狐，衣緑衫，從孔中出，是其素所着衫也。家人喜云：『胡郎出矣。』殺之，其

〔一〕『書』，《廣異記》《太平廣記》作『工書』。
〔二〕『狐猵』，《廣異記》《太平廣記》作『猵狢』。
〔三〕『頭』，《廣異記》《太平廣記》作『枚』。

怪遂絶。

【按】本篇《太平廣記》卷四四九，題『李元恭』，注出《廣異記》。《廣異記》卷一一、《太平廣記》卷七三二八《胡郎》等載之。

小狐破大狐婚

唐開元中，有李氏者，早孤，歸於舅氏。年十二，有狐欲媚之。其狐雖不見形，言語酬酢甚備。纍月後，其狐復來，聲音少異。家人笑曰：『此又別一野狐矣。』狐亦笑云：『汝何由得知？前來者是十四兄，己是弟。頃者，我欲取韋家女，造一紅羅半臂，家兄無理盜去，令我親事不遂，恒欲報之，今故來此。』李氏因相辭謝，求其禳理。狐云：『明日是十四兄王相之日，必當來此，大相惱亂，可令〔二〕女掐無名指第一節以禳之。』言訖便去。

〔二〕『可令』，《廣異記》《太平廣記》作『可且令』。

大狐至，女方食〔一〕。女依小狐言，掐指節，大狐〔二〕以藥顆如菩提子大六七枚，擲女飯碗中，纍擲不中，驚嘆甚至，言〔三〕云：『會當入嵩嶽學道始得耳。』座中有老婦，持其藥者，懼復棄之。人問其故，曰：「野狐媚我。」狐慢罵云：「何物老嫗，寧有人用此輩？」』狐去之後，小狐復來，曰：『事理如何？言有驗否？』家人皆辭謝。小狐〔四〕曰：『後十餘日，家兄當復來，宜慎之。此人與天曹已通，符禁之術，無可奈何。唯我能制之。待欲至時，當復至此。』將至其日，小狐又來，以藥裹如松花，授女，曰：『我兄明日必至。明早，可以車騎載女，出東北行，有騎相追者，宜以藥布車後，則免其横。』李氏候明日，如小狐〔五〕言，載女行五六里，甲騎追者甚衆。且欲至，乃布藥，追者見藥，止不敢前。是暮，小狐又至，笑云：『得吾力否？再有一法，當得

〔一〕『女方食』，《廣異記》《太平廣記》作『值女方食』。
〔二〕『大狐』，《廣異記》《太平廣記》作『狐』。
〔三〕『言』，《太平廣記》作『大言』。
〔四〕『小狐』，《廣異記》《太平廣記》無此。
〔五〕『小狐』，《廣異記》《太平廣記》作『狐』。

永免，我亦不復來矣。』李氏再拜固求，狐乃令：『取東引桃枝，以朱書枝〔二〕上，作「齊州縣鄉里胡綽、胡邈」，以符安大門及中門外，釘之，必當永無怪矣。』狐遂不至。其女尚小，未及適人。後數載，竟失之也。

【按】本篇《太平廣記》卷四四九《李氏》，注出《廣異記》。《廣異記》卷一一、《廣艷異編》卷二九《破狐婚》載之。

焚鵲巢斷狐

唐開元中，有詣韋明府，自稱『崔參軍』，求娶。韋氏驚愕，知是妖媚，然猶以禮遣之。其狐尋至後房，自稱『女婿』，女便悲泣，昏狂妄語。韋氏屢延〔三〕術士，狐益慢言，不能却也。聞峨嵋有道士，能治邪魅，求出爲蜀令，冀因其伎以禳之。既至，

〔二〕『枝』，《廣異記》《太平廣記》作『板』。
〔三〕『屢延』，《廣異記》《太平廣記》作『累延』。

道士爲立壇治之。少時，狐至壇，取道士，懸大樹上，縛之。韋氏來院中，問：『尊師何以在此？』胡[一]云：『敢行禁術，適聊縛之。』韋氏自爾甘奉其女，無復覬望。家人謂曰：『若爲女婿，可下錢二千貫爲聘。』崔令於堂簷下布席，修貫穿錢，錢從簷上下，群婢穿之，正得二千貫。久之，乃許婚。令韋請假送禮，兼會諸親。及至，車騎輝赫，儐從風流，三十餘人至。韋氏送雜綵五十匹，紅羅五十匹，他物稱是，韋乃與女。

經一年，其子有病，父母令問崔郎，答云：『八叔房小妹，今頗成人。叔父令事高門，其所以病者，小妹入室故也。』母極罵云：『死野狐魅！你公然魅我一女不足，更惱我兒。吾夫婦暮年，唯仰此子，與汝野狐爲婿，絶吾繼嗣耶？』崔無言，但歡笑。父母日夕拜請，詒云：『爾若能愈兒疾，女實不敢復論。』久之，乃云：『疾愈易得，但恐負心耳。』母頗[二]爲設盟誓。異日，崔乃懷出一文字[三]，令母效書。及取鵲巢，於

[一]『胡』，《廣異記》《太平廣記》《廣艷異編》作『狐』，是。
[二]『頗』，《廣異記》《太平廣記》作『頻』。
[三]『崔乃懷出一文字』，《廣異記》《太平廣記》作『崔乃於懷出一文字』。

兒房前燒之，兼持鵲頭自衛，當得免疾。韋氏行其術數日，子愈。女亦效爲之，雄狐亦去，罵云：『丈母果爾負約，知復何言〔一〕？』遂去之〔二〕。

後五日，韋氏臨軒坐，忽聞庭前臭不可奈，仍有旋風，自空而下，崔胡〔三〕在焉。衣服破弊，流血淋漓，謂韋曰：『君夫人不義，作事太彰〔四〕。天曹知此事，杖我幾死。今長流沙磧，不復來〔五〕矣。』韋極聲訶之，曰：『窮老魅，何不速行，敢此逗遛耶？』胡〔六〕云：『獨不念我錢物恩耶？我坐偷用天府中錢，今無可還，受此荼毒，君何無情至此！』韋深感其言，數致辭謝。徘徊，復爲旋風而去。

【按】本篇《太平廣記》卷四四九《韋明府》，注出《廣異記》。《廣異記》卷一一、《廣艷異

〔一〕『知復何言』，《廣異記》《太平廣記》《廣艷異編》作『知何言』。
〔二〕『遂去之』，《太平廣記》作『今去之』，《廣艷異編》作『崔去之』。
〔三〕『崔胡』，《廣異記》《太平廣記》作『崔狐』。
〔四〕『作事太彰』，《廣異記》《太平廣記》《廣艷異編》作『作字太彰』。前文言『崔乃懷出一文字，令母效書』，當以『作字』爲是。
〔五〕『不復來』，《廣異記》《太平廣記》作『不得來』。
〔六〕『胡』，《廣異記》《太平廣記》作『狐』。

編》卷三〇《韋明府》等載之。

狐化佛戲僧

唐洛陽思恭里，有唐參軍者，立性修整，簡於接對。有趙門福及康王〔一〕者，投刺謁，唐未出見之。問其來意，門福曰：『止求點心飯耳。』唐使門人辭云『不在』，二人徑入，至唐所〔二〕。門福曰：『唐都官何云「不在」？惜一餐耳。』唐辭以門者不報。引出外廳，令家人供食，私誡奴，令置劍盤中，至則刺之。奴至，唐引劍刺門福，不中；次擊康王〔三〕，中之，猶躍入庭前池中。門福罵云：『彼我雖是狐，我已千年。千年之狐，姓趙姓張；五百年狐，姓白姓康。奈何無道，殺我康三？必當修報於汝，

〔一〕『康王』，《廣異記》《太平廣記》作『康三』，上海圖書館藏《狐媚叢談》有朱筆改爲『康三』。
〔二〕『唐所』，《廣異記》《太平廣記》作『堂所』。
〔三〕『康王』，《廣異記》《太平廣記》作『康三』，上海圖書館藏《狐媚叢談》有朱筆改爲『康三』。

終不令康氏〔一〕徒死也！』唐氏深謝之，令召康三，門福至池所，呼『康三』，輒應曰：『唯』。然求之不可得，但餘聲存〔二〕。門福既去，唐氏以桃湯沃灑門户，及懸符禁。自爾不至，謂其施行有驗。

久之，園中櫻桃熟，唐氏夫妻暇日檢行，忽見門福在櫻桃樹上，採櫻桃食之。唐氏驚曰：『趙門福，汝敢復來耶？』門福笑曰：『君以桃物見欺，今聊復採食，君亦食之否？』乃頻擲數顆〔三〕以授唐。唐氏愈恐，乃廣召僧，結壇持咒，門福遂逾日不至。其僧持誦甚切，冀其有效，以爲己功。

後一日，晚霽之後，僧出〔四〕楹前，忽見五色雲自西來，逕至唐氏堂〔五〕，中有一佛，容色端嚴，謂僧曰：『汝爲唐氏却野狐耶？』僧稽首。唐氏長幼虔禮甚至，喜見真佛，

〔一〕『康氏』，《廣異記》《太平廣記》作『康氏子』。
〔二〕『聲存』，《廣異記》、談本《太平廣記》作『鼻存』。
〔三〕『數顆』，《廣異記》《太平廣記》作『數四』。
〔四〕『出』，《廣異記》《太平廣記》作『坐』。
〔五〕『堂』，《廣異記》《太平廣記》作『堂前』。

拜請降止。久之方下，坐其壇上，奉事甚勤。佛謂僧曰：『汝修道通達〔二〕，亦何須久蔬食，而爲法能食肉乎？但問心能堅持否，肉雖食之，可復無累。』乃令唐氏市肉，佛自設食，次以授僧及家人，悉食。食畢，忽見壇上是趙門福，舉家歎恨，爲其所誤。門福笑曰：『無勞厭我，我不來矣。』自爾不至也。

【按】本篇《太平廣記》卷四五〇《唐參軍》，注出《廣異記》。

狐知死日

唐林景玄者，京兆人，僑居雁門，以騎射畋獵爲己任。郡守悦其能，因募爲衙門將。嘗與其徒十數輩馳健馬，執弓矢兵杖，臂鷹〔三〕牽犬，俱騁於田野間，得麋鹿、狐兔甚多。由是郡守縱其所往，不使親吏事。嘗一日畋於郡城之高崗，忽起一兔榛莽中，

〔二〕『汝修道通達』，《廣異記》《太平廣記》作『汝是修道，請通達』。

〔三〕『臂鷹』，《宣室志》作『臂隼』。

景玄鞭馬逐之，僅十里餘，兔匿一墓穴。景玄下馬，即命二吏〔一〕守穴傍，自解鞍而憩。忽聞墓中有語者，曰：『吾命土〔二〕也，尅土者木。日次於乙，辰居卯。二木俱王，吾其死乎？』已而咨嗟者久之。又曰：『有自東而來者，吾〔三〕將不免。』景玄聞其語，且異之。因視穴中，見一翁素衣〔四〕，髯白而長，手執一軸書，前有死烏鵲，甚多。景玄即問之，其人驚曰：『果然！禍我者且至矣。』即詬駡，景玄默而訐之，曰：『此穴甚小，而翁居其中，豈非鬼乎？不然，是盜而匿此。』即毀其穴，翁遂化爲老狐，帖然伏地，景玄因射之而斃。視其所執之書點畫甚異，似梵書而非梵字，用素縑爲幅，僅數十尺，景玄焚之。

【按】本篇《太平廣記》卷四五〇，題『林景玄』，注出《宣室志》，《類説》卷六〇引其文。

〔一〕『二吏』，《宣室志》《太平廣記》作『二卒』。

〔二〕『土』，《宣室志》《太平廣記》作『屬土』。

〔三〕『吾』，《宣室志》《太平廣記》作『我』。

〔四〕『素衣』，《宣室志》《太平廣記》作『衣素衣』。

狐向臺告縣令

唐開元中，東光縣令謝混之，以嚴酷强暴爲政，河南著稱。混之嘗大獵於縣東，殺狐狼甚衆。其年冬，有二人詣臺訟混之殺其父兄，兼他贓物狼藉。中書令張九齡令御史張曉往按之，兼鎖繫告事者同往。曉素與混之相善，九〔一〕疏其狀，令自料理。混之遍問里正，皆云：『不識有此人。』混之以爲詐己，各依狀，明其妄，以待辨。曉將至滄州，先牒繫混之於獄。混之令吏人鋪設使院侯曉，有里正從寺門前過，門外金剛有木室，扃護甚固。聞金剛下有人語聲，其扃以鎖，非人所入。里正因逼前聽之，聞其祝云：『縣令無狀，殺我父兄。今我二弟詣臺所〔二〕訴冤，使人將至，願大神庇廕，令得理。』有頃，見孝子從隙中出。里正意其非人，前行尋之。其人見里正，惶懼入寺，至厠後失所在。歸以告混之，混之驚愕，久之乃曰：『吾春首大殺狐狼，得無是

〔一〕『九』，日本藏《狐媚叢談》《廣異記》《太平廣記》作『先』，當是。

〔二〕『臺所』，《廣異記》《太平廣記》作『臺』。

耶？』及曉至，引訟者出，縣人不之識。訟者言詞忿争，理無所屈，混之未知其故。有識者勸令求獵犬，獵犬至，見訟者，且前搏逐，徑跳上屋，化爲二狐而去。

【按】本篇《太平廣記》卷四四九《謝混之》，注出《廣異記》。《廣異記》卷一一、《廣艷異編》卷三〇《謝混之》等載之。

葉静能治狐

唐吴郡王苞者，少事道士葉静能，中罷爲太學生，數歲在學。有婦人寓宿，苞與結歡，情好甚篤。静能在京，苞往省之，静能謂曰：『汝身何得有野狐氣？』固答云：『無。』能曰：『有也。』苞因言得婦始末。能曰：『正是此老野狐。』臨别〔二〕，書一符與苞，令含，誡之曰：『至舍，可吐其口，當自來此，爲汝遣之，無憂也。』苞還至舍，如静能言。婦人變爲老狐，銜符而走。至静能所，拜謝，静能云：『放汝一

〔二〕『别』，上海圖書館藏《狐媚叢談》無此字，有挖補痕跡，據日本藏《狐媚叢談》補。

生命，不宜更至於王家。』自此遂絕。

【按】本篇《太平廣記》卷四五〇《王苞》，注出《廣異記》。

田氏老豎錯認婦人爲狐

唐牛肅有從舅，常過澠池，因至西北三十里，謁田氏子。去田氏莊十餘里，經岌險，多櫟林，傳云：『中有魅狐，往來者皆結侶乃敢過。』舅既至，田氏子命老豎往澠池市酒饌。天未明，豎行，日暮不至，田氏子怪之。及至，豎一足又跛，問：『何故？』豎曰：『適至櫟林，爲一魅狐所絆，因蹶而仆〔一〕，故傷焉。』問：『何以見魅？』豎曰：『適下坡時，狐變爲婦人，遽來追我，我驚且走。狐又疾行，遂爲所及，因倒且損。吾恐魅之爲怪，强起擊之，婦人口但哀祈，反謂我爲狐，屢云：「叩頭，野狐！叩頭，野狐！」吾以其不自知，因與痛手，故免其禍。』田氏子曰：『汝無擊人，

〔一〕『蹶而仆』，談愷本《太平廣記》作『蹶仆』。

安謂狐耶？』豎曰：『雖苦擊之，終不改婦人狀耳。』田氏子曰：『汝必誤損他人，且入户。』日入，見婦人體傷蓬首，過門而求飲，謂田氏子曰：『吾適過櫟林，逢一老狐，變爲人。吾不知是狐，前趨爲伴，同過櫟林，不知老狐却傷我如此。賴老狐去，餘命得全。妾，北村人也，渴，故求飲。』田氏子恐其見老豎[一]也，與之飲而遣之。

【按】本篇《太平廣記》卷四五〇，題『王氏子』，注出《紀聞》。

徐安妻騎故籠而飛

徐安者，下邳人也，好以漁獵爲事。安妻王氏，貌甚美，人頗知之。開元五年秋，安遊海州，王氏獨居下邳。忽一日，有一少年，狀甚偉，顧王氏曰：『可惜芳艷，虚度[二]一生。』王氏聞而悦之，遂與結好，而來去無憚。安既還，妻見之，恩義殊隔，安

[一]『老豎』，《太平廣記》作『蒼頭』。

[二]『虚度』，《集異記》《太平廣記》作『虚過』。

頗訝之。其妻至日將夕，即飾妝静處，至二更，乃失所在，迨曉方回，亦不見其出入之處。他日，安潛伺之，其妻乃騎故籠從窗而出，至曉復返。是夕〔一〕，閉婦於他室，乃詐爲女子妝飾，袖短劍，騎故籠以待之。至二更，忽從窗而出，徑入一山嶺，乃至會所。帷幄華焕，酒饌羅列。座有三少年，安未下〔二〕，三少年曰：『王氏來何早乎？』安乃奮劍擊之，三少年死於座。安復騎故籠〔三〕，即不復飛矣。俟曉而返，視夜來所殺三少年〔四〕，皆老狐也。安到舍，其妻是夕不復妝飾矣。

【按】本篇《太平廣記》卷四五〇《徐安》，注出《集異記》。

狐截人髮

霍邑，古吕州也，城池甚固。縣令宅東北有城，面各百步，其高三丈，厚七八尺，

〔一〕『是夕』，《集異記》《太平廣記》作『安是夕』。
〔二〕『安未下』，《集異記》《太平廣記》作『安未及下』。
〔三〕『故籠』，《集異記》《太平廣記》作『籠』。
〔四〕『三少年』，《集異記》《太平廣記》作『少年』。

名曰『因周厲王城』，則《左傳》所稱『萬人不忍，流王於彘城』，即霍邑也。王崩，因葬城之北。城既久遠，則有魅狐居之。或官吏家，或百姓子女姿色者，夜中狐斷其髮，有如刀截〔一〕。

唐時邑人靳守貞者，素善符咒，爲縣送徒，至趙城，還至歸金狗鼻，傍汾河，山名，去縣五里。見汾河西岸水濱，有女紅裳，浣衣水次。守貞目之，女子忽爾乘空過河，遂緣嶺躡空，至守貞所。以手攀其笠〔二〕，足踏其帶，將取其髮焉。守貞送徒，手猶持斧，因擊女子墜，從而斫之，女子死，則爲雌狐。守貞以狐至縣，具列其由，縣令不之信。

守貞歸，遂每夜有老父及媪繞其居哭，從索其女。守貞不懼。月餘，老父及媪罵而去，曰：『無狀殺我女，吾猶有三女，終當困汝。』於是絶〔三〕，而截髮亦亡。

〔一〕此句后，《太平廣記》有『所遇無知，往往而有』。

〔二〕『以手攀其笠』，《太平廣記》作『手攀其笠』。

〔三〕『於是絶』，《太平廣記》作『於是遂絶』。

【按】本篇《太平廣記》卷四五〇《靳守貞》，注出《紀聞》。

赤肉野狐

唐洛陽尉嚴諫從叔亡，諫往弔之。後十餘日，家人〔一〕悉去服。諫召家人問，答云：『亡者不許。』因述其言語處置狀，有如平生。諫疑是野狐，恒欲料理。後至叔舍，靈便逆怒，約束子弟：『勿更令少府侄來，無益人家事，只解相疑耳。』亦謂諫曰：『五郎公事似忙，不宜數來也。』諫後忽將蒼鷹、雙鶻、皂鵰、獵犬數十事〔二〕，與他手力百餘人，悉持器械，圍繞其宅數重。遂入靈堂，忽見一赤肉野狐，仰行屋上，射擊不能中。尋而開門躍出，不復見，自爾怪絶〔三〕。

【按】本篇《太平廣記》卷四五〇《嚴諫》，注出《廣異記》。

〔一〕『家人』，《廣異記》《太平廣記》作『叔家』。
〔二〕『數十事』，《廣異記》《太平廣記》作『等數十事』。
〔三〕『自爾怪絶』，《廣異記》《太平廣記》作『因而怪絶』。

韋參軍治狐

唐潤州參軍幼有隱德〔一〕，雖兄弟不能知也。韋常謂其不慧，輕之。後忽謂兄〔二〕曰：『財帛當以道，不可力求。』諸兄甚奇其言，問：『汝何長進如此？』對曰：『今昆明池中大有珍寶，可共取之。』諸兄乃與偕行〔三〕。至池所，以手酌水，水悉枯涸，見金寶甚多〔四〕。謂兄曰：『可取之。』兄等愈入愈深，竟不能得，乃云：『此可見而不可得致者，有定分也。』諸兄嘆美之。問曰：『素不出，何以得妙法？』笑而不言。久之，曰：『明年當得一官，無慮貧乏。』及〔五〕選，拜潤州書佐。遂東之任，途經開封縣。開封縣令者，其母患狐媚，前後術士不能療。有道士者，善見鬼，謂令

〔一〕『唐潤州參軍幼有隱德』，《太平廣記》作『唐潤州參軍弟有隱德』。
〔二〕『兄』，《太平廣記》作『諸兄』。
〔三〕『偕行』，《廣異記》、談愷本《太平廣記》作『皆行』。
〔四〕『甚多』，談愷本《太平廣記》作『其多』，誤。
〔五〕『及』，《太平廣記》作『乃』。

曰：『今比見諸隊仗，有異人入境。若得此人，太夫人疾苦自愈[一]。』令遣候之。後數日，白云：『至此縣逆旅，宜自謁見。』令往見韋，具申禮請。笑曰：『此道士爲君言耶？然以太夫人故，屈身於人，亦可憫矣。幸與君遇，其疾必愈。明日，自縣橋至宅，可少止人，令百姓見之，我當至彼，爲發遣。且宜還家，灑掃、焚香相待。』令皆如言。明日至舍，見太夫人，問以疾苦，以柳枝灑水於身上。須臾，有老白野狐自床而下，徐行至縣橋，然後不見。令有贈遺，韋皆不受。

至官一年，謂其妻曰：『後月，我當死。死後君嫁此州判司，當生三子。』皆如其言。

【按】本篇《太平廣記》卷四五〇，題『韋參軍』，注出《廣異記》。

楊氏二女嫁狐

唐有楊氏者，二女并嫁胡家。小胡郎爲主母所惜，大胡郎謂其婢曰：『小胡郎乃

[一]『自愈』，《太平廣記》作『必愈』。

野狐爾，丈母乃不惜我，反惜野狐。』婢還白，母問：『何以知之？』答云：『宜取鵲頭懸户上，小胡郎若來，令妻呼「伊祈熟肉」。再三言之，必當走也。』楊氏如言，小胡郎果走。故今〔一〕相傳云『伊祈熟肉辟狐魅』，甚驗〔二〕也。

【按】本篇《太平廣記》卷四五〇《楊氏女》，注出《廣異記》。

狐變爲娼

唐河東薛迥與其徒十人，於東都狎娼婦，留連數夕，各賞錢十千。後一夕午夜，娼偶求去。迥留待曙，婦人躁擾，求去數四，抱錢出門。迥敕門者無出客，門者不爲啓鎖。婦人持錢，尋〔三〕至水竇，變成野狐，從竇中出〔四〕，其錢亦留。

〔一〕『今』，《廣異記》《太平廣記》作『今人』。

〔二〕『甚驗』，上海圖書館藏《狐媚叢談》原字不清，由墨筆補寫，《廣異記》《太平廣記》作『甚有驗』。

〔三〕『尋』，《廣異記》《太平廣記》作『尋審』。

〔四〕『出』，《廣異記》《太平廣記》作『出去』。

【按】本篇《太平廣記》卷四五〇《薛迥》，注出《廣異記》。本篇日本内閣文庫藏《狐媚叢談》，有目無文。

狐語靈座中

唐辛氏〔一〕，母死之後，其靈座中恒有靈語，不異平素，家人敬事如生。辛氏〔二〕表弟是術士，在京聞其事，因而來觀。潛於辛宅〔三〕後作法，入門，見一無毛牝狐〔四〕，殺之，怪遂絶〔五〕。

【按】本篇《太平廣記》卷四五〇《辛替否》，注出《廣異記》。本篇日本内閣文庫藏《狐媚叢談》，有目無文。

〔一〕『辛氏』，《廣異記》《太平廣記》作『辛替否』。
〔二〕『辛氏』，《廣異記》《太平廣記》作『替否』。
〔三〕『辛宅』，《廣異記》《太平廣記》作『替否宅』。
〔四〕『無毛牝狐』，《廣異記》《太平廣記》作『無毛野牝狐』。
〔五〕『怪遂絶』，《廣異記》《太平廣記》『遂絶』。

狐變菩薩通女有妊

唐代州民有一女，其兄遠戍不在，母與女獨居。忽見菩薩乘雲而至，謂母曰：『汝家甚善，吾欲居之，可速修理，當尋來也〔一〕。』村人競往。處置適畢，菩薩馭五色雲來下其室。村人供養甚衆，仍敕衆等不宜〔二〕有言，恐四方信心往來不止。村人以是相戒，不説其事。菩薩與女私通，有娠。經年，其兄還，菩薩〔三〕『不欲見男子』，令母逐之，兄〔四〕不得至，因傾財求道士。久之，有道士爲作法，竊視菩薩，是一老狐，乃持刀入，斫〔五〕殺之。

【按】本篇《太平廣記》卷四五〇《代州民》，注出《廣異記》。本篇日本内閣文庫藏《狐媚

〔一〕『當尋來也』，《廣異記》《太平廣記》作『尋當來也』。

〔二〕『不宜』，《廣異記》《太平廣記》作『不令』。

〔三〕『菩薩』，《廣異記》《太平廣記》作『菩薩云』。

〔四〕『兄』，《廣異記》《太平廣記》作『兒』。

〔五〕『斫』，《廣異記》《太平廣記》作『砍』。

叢談》缺『唐代州民』至『菩薩與女』部分文字。

村民斷狐尾

唐祈縣〔一〕有村民，因輦地征蒭粟，至太原府。及歸途中，日暮，有一白衣婦人，立路傍，謂〔二〕村民曰：『妾今日都城而來〔三〕，困且甚〔四〕，願寄載車中，可乎？』村民許之，乃升車。行未三四里，因脂轄，忽見一狐尾，在車之隙中，垂於車轅下，村民即以鑣〔五〕斷之。其婦人化爲無尾狐〔六〕，鳴嘷而去。

〔一〕『祈縣』，上海圖書館、日本内閣藏《狐媚叢談》同，《宣室志》《太平廣記》作『祁縣』。按祁縣因『昭余祁澤藪』得名，『祈縣』誤。
〔二〕『謂』，《宣室志》作『告』。
〔三〕『今日都城而來』，《宣室志》作『今入都城』。
〔四〕『困且甚』，《宣室志》作『困而且餓』。
〔五〕『鑣』，《宣室志》《太平廣記》作『鐮』。
〔六〕『無尾狐』，《宣室志》作『無尾白狐』，當是。

【按】本篇《太平廣記》卷四五〇《祁縣民》，注出《宣室志》。

張例殺狐

唐始豐令張例疾患魅，時有發動，家人不能制也。恒舒右臂上，作咒云：『狐娘健子。』其子密持鐵杵，候例疾發，即自後撞之，墜一老牝狐，焚於四通之衢，自爾便愈也。

【按】本篇《太平廣記》卷四五〇《張例》，不注出處。

狐贈紙衣

唐馮玠者〔一〕，患狐魅疾。其父後得術士，療玠疾〔二〕。魅忽啼泣，謂玠曰：『本圖共終，今爲術者所迫，不復得在。』流淚經日，方贈玠衣一襲，云：『善保愛之，聊爲

〔一〕『馮玠者』，《廣異記》作『馮某』。
〔二〕『玠疾』，《廣異記》作『狐疾』。

久念耳。』玠初得，懼家人見，悉捲書中。疾愈，入京應舉，未得開視。及第後，方還開之，乃是紙焉。

【按】本篇《太平廣記》卷四五一《馮玠》，注出《廣異記》。

狐偷漆背金花鏡

唐賀蘭進明爲狐所婚〔一〕。每到時節，狐新婦恒至京宅，名起居〔二〕，兼持賀遺，及問信〔三〕。家人或有見者，狀貌甚美。至〔四〕五月五日，自進明已下，至其僕隸〔五〕，皆有續命符〔六〕，家人以爲不祥，多焚其物。狐悲泣云：『此并真物，奈何焚之？』其後所

〔一〕『唐賀蘭進明爲狐所婚』，《歲時廣記》作『唐賀蘭進明爲御史，在京，其兄子莊在睢陽，爲狐所媚』。
〔二〕『名起居』，《廣異記》《歲時廣記》作『通名起居』。
〔三〕『問信』，《廣異記》作『聞訊』。
〔四〕『至』，上海圖書館藏《狐媚叢談》漫漶不清，據日本藏本《狐媚叢談》補。
〔五〕『僕隸』，談愷本《太平廣記》作『僕録』，誤。
〔六〕『續命符』，《太平廣記》作『續命』，《歲時廣記》作『續命物』。

得，遂以充用。後家人有就求漆背金花鏡者，狐入人家，偷鏡，掛項緣墻而行，爲主人家擊殺，自爾怪絶。

【按】本篇《太平廣記》卷四五一《賀蘭進明》，注出《廣異記》。《歲時廣記》卷二三引，題『絶妖怪』。

狐變小兒

唐崔昌在東京莊讀書，有小兒，顏色殊異，來止庭中。久之，漸升階，坐昌床頭。昌不之顧，乃以手捲昌書，昌徐問：『汝何人？斯來，何所欲？』小兒云：『本好讀書，慕君學問爾。』昌不之却。常問文義，甚有理。經數月，日暮，忽扶一老人，垂醉〔一〕至昌所，小兒暫出，老人醉吐人之爪髪等，昌甚惡之。昌素有所持利劍，因斬斷頭，成一老狐。頃之，小兒至，大怒云：『君何故無狀殺我家長？我豈不能殺君，但

〔一〕『垂醉』，各本《太平廣記》作『乘醉』。

以舊恩故爾。』大罵出門，自爾乃絶。

【按】本篇《太平廣記》卷四五一《崔昌》，注出《廣異記》。

狐剛子

唐坊州中部縣令長孫甲者，其家篤信佛道。異日齋次，舉家見文殊菩薩乘五色雲從日邊下。須臾，至齋所簷際，凝然不動。合家禮敬懇至，久之乃下，其家前後供養數十日，唯其子心疑之。入京，求道士爲設禁，遂擊殺狐。令家奉馬一匹，錢五十千。後數十日，復有菩薩乘雲來至，家人敬禮如故。其子復延道士，禁咒如前。盡十餘日，菩薩問道士：『法術如何？』答曰：『已盡。』菩薩云：『當決一頓。』因問道士：『汝讀道經，知有狐剛子否？』答曰：『知之。』菩薩云：『狐剛子者，即我是也。我得仙來已三萬歲。汝爲道士，當修清净，何事殺生？且我子孫，爲汝所殺，寧宜活汝耶？』因杖道士一百〔一〕，謂令曰：『子孫無狀，至相勞擾，慚愧何言。當令君永無災橫，以此相報。』顧謂道士：『可即還他馬及錢也。』言訖飛去。

【按】本篇《太平廣記》卷四五一《長孫甲》，注出《廣異記》。

取睢陽野狐犬

唐睢陽郡宋王塚傍，有老狐，每至衙日，邑中之狗，悉往朝之。狐坐塚上，狗列其下。東都王老有雙犬，能咋魅，前後殺魅甚多。宋人相率以財顧犬咋狐。王老牽犬往，犬乃逕詣諸犬之下，伏而不動，大失衆人〔二〕之望。今世〔三〕有不了其事者，相戲云：『取睢陽野狐犬。』

【按】本篇《太平廣記》卷四五一《王老》，注出《廣異記》。

〔一〕『因杖道士一百』，《太平廣記》作『因杖道士一百畢』。
〔二〕『衆人』，《廣異記》《太平廣記》作『宋人』。
〔三〕『今世』，《太平廣記》《廣異記》作『今世人』。

狐吐媚珠

唐劉全白説云：其乳母子衆愛少時，好夜中將網斷道，取野猪及狐狸等，全白莊在岐下。後一夕，衆愛〔一〕於莊西下網，己伏網中，以伺其至。暗中聞物行聲，覘〔二〕一物，伏地窺網，因爾起立，變成緋裙婦人，行而違網。至愛前車側，忽捉一鼠食。愛連呵之，婦人忙遽入網，乃棒之致斃，而人形不改。愛反疑懼，恐或是人，因和網没漚麻池中。夜還，與父母議。及明，舉家欲潛遁去〔三〕，愛云〔四〕：『寧有婦人食生鼠？此必狐耳。』復往麻池視之，見婦人已活。因以大斧，自腰後斫之，便成老狐。愛大喜，將還。村中有老僧見狐未死，勸令養之，云：『狐口中媚珠，若能得之，當爲天下所愛。』以繩縳狐四足，又以大籠罩其上。養數日，狐能食。僧

〔一〕『衆愛』，《廣異記》《太平廣記》作『衆』。
〔二〕『覘』，《廣異記》《太平廣記》作『覘見』。
〔三〕『遁去』，《廣異記》《太平廣記》作『逃去』。
〔四〕『愛云』，《廣異記》《太平廣記》作『愛竊云』。

用小瓶〔二〕口窄者埋地中，令口與地齊，以兩截猪肉炙於瓶中〔三〕。狐愛炙，而不能得，但以口屬瓶〔三〕。候炙冷，復下兩臠，狐涎沫久之，炙與瓶滿〔四〕，狐乃吐珠而死。狀如〔五〕棊子〔六〕，通圓而潔。愛每帶之，大爲人所貴〔七〕。

【按】本篇《太平廣記》卷四五一《劉衆愛》，注出《廣異記》。

狐授甑生口訣

唐道士孫甑生本以養鷹爲業。後因放鷹，入一窟，見狐數十枚讀書，有一老狐，當中坐，迭以傳授。甑生直入，奪得其書而還。明日，有十餘人，持金帛，詣門求贖，

〔二〕『小瓶』，談本《太平廣記》作『小罐』。
〔三〕『瓶中』，談本《太平廣記》作『罐中』。
〔三〕『瓶』，談本《太平廣記》作『罐』。
〔四〕『瓶滿』，談本《太平廣記》作『罐滿』。
〔五〕『狀如』，談本《太平廣記》作『珠狀如』。
〔六〕『棊子』，上海圖書館、日本内閣藏《狐媚叢談》同，《太平廣記》《廣異記》作『碁子』。
〔七〕『大爲人所貴』，《廣異記》《太平廣記》作『大爲其夫所貴』。

甑生不與。人云：『君得此，亦不能解用之。若寫一本見還，當以口訣相授。』甑生竟傳其法，爲世術士。狐初與甑生約，不得示人，若違者，必當非命。天寶末，玄宗固執〔一〕求之，甑生不與，竟而伏法。

【按】本篇《太平廣記》卷四五一《孫甑生》，注出《廣異記》。

王黯爲狐婿

王黯者，結婚崔氏。唐天寶中，妻父士同爲沔州刺史。黯隨至江夏，爲狐所媚，不欲渡江，發狂大叫，恒欲赴水。妻屬惶懼，縛黯着床櫪上。舟行半江，忽爾欣笑，至岸大喜，曰：『本謂諸女郎輩，不隨過江，今在州城上，復何慮也。』士同莅官，便求術士。左右言州人能射狐者，士同延至。令入堂中〔二〕，悉施床席，置黯於屋西北隅〔三〕，家

〔一〕『固執』，《太平廣記》作『固就』，誤。
〔二〕『令入堂中』，《廣異記》《太平廣記》作『入令堂中』。
〔三〕『西北隅』，《太平廣記》《廣異記》作『西北陬』。

人數十，持更迭守。己於堂外别施一床，持弓矢以候狐。至三夕，忽云：『諸人得飽睡〔二〕。我已〔三〕中狐，明當取之。』衆以爲狂，而未之信。及明，見窗中有血，衆隨血去，入大坑中，草下見一牝狐垂死〔三〕。黯妻燒狐爲灰，服之至盡，自爾得平復。

後爲原武縣丞，在廳事，忽見老狐奴婢，詣黯再拜，云：『是大家阿嬭。往者，娘子枉爲雀家〔四〕殺害，翁婆追念，未嘗離口。今欲將小女，更與王郎續親，故令申意，兼取吉日，成納。』黯甚懼，辭〔五〕以厚利，萬計料理，遽出羅錦十餘匹，於通衢焚之。老奴乃謂其婦云：『天下美丈夫，亦復何數，安用王家老翁爲女婿？』言訖不見。

〔二〕『諸人得飽睡』，《廣異記》《太平廣記》作『諸人得飽睡已否』。
〔三〕『我已』，《廣異記》《太平廣記》作『適已』。
〔三〕『垂死』，《太平廣記》《廣異記》作『帶箭垂死』。
〔四〕『雀家』，上海圖書館、日本内閣藏《狐媚叢談》同，《太平廣記》《廣異記》作『崔家』，當是。
〔五〕『辭』，《太平廣記》作『許』。

【按】本篇《太平廣記》卷四五一《王黯》，注出《廣異記》。

垣縣老狐

唐寧王傅袁嘉祚，年五十，應制，授垣縣縣丞。門〔一〕素凶，爲者盡死。嘉祚到官，而丞宅數任無人居，屋宇摧殘，荆棘充塞。嘉祚剪其荊棘〔二〕，理其墻垣，坐廳事中。邑老吏人〔三〕皆懼，勸出，不可。既而魅夜中爲怪，嘉祚不動，伺其所入。明日〔四〕掘之，得狐。狐老〔五〕矣，兼子孫數十頭，嘉祚盡烹之。次至老狐〔六〕，狐乃言曰：『吾神能通天，預知休咎。願置我，我能益於人。今此宅已安，捨我何害？』嘉祚前與之言，備

〔一〕『門』，談本《太平廣記》作『闕』。
〔二〕『嘉祚剪其荊棘』，談本《太平廣記》作『嘉祚先剪其荊棘』。
〔三〕『老吏人』，《太平廣記》作『小吏人』。
〔四〕『明日』，談本《太平廣記》作『日』。
〔五〕『老』，《太平廣記》作『小』，當誤。
〔六〕『老狐』，《太平廣記》作『小狐』，當誤。

告其官秩。又曰：『願爲耳目，長在左右。』乃免狐。後祚如言〔二〕，秩滿，果遷。數年至御史，狐乃去。

【按】本篇之『垣縣』，上海圖書館藏《狐媚叢談》目録作『恒縣』，誤。《太平廣記》卷四五一《袁嘉祚》，注出《紀聞》。

玄狐

唐李林甫方居相位，嘗退朝，坐於堂之前軒。見一玄狐，其質甚大，若牛馬，而毛色黯黑有光，自堂中出，馳至庭，顧望左右。林甫命弧矢，將射之，未及，已亡見矣。自是凡數日，每晝坐，輒有一玄狐出焉。其歲，林甫籍没。

【按】本篇《太平廣記》卷四五一《李林甫》，注出《宣室志》。《宣室志》卷一〇、《天中記》卷六〇《玄狐》、《淵鑒類函》卷四三一等録其事。

〔二〕『如言』，《太平廣記》作『如狐言』。

卷三

狐死見形

東平尉李麘〔一〕初得官，自東京之任，夜投故城店中。有故人賣胡餅爲業，其妻姓鄭，有美色。李目而悦之，因宿其舍，留連數日，乃以十五千，轉索鄭婦〔二〕。既到東平，寵遇甚至。性婉約，多媚黠風流，女工之事，罔不心了，於音聲特究其妙。在東京〔三〕三歲，有子一人。

〔一〕『李麘』，《廣異記》作『李某』。
〔二〕『鄭婦』，《廣異記》《太平廣記》《廣艷異編》作『胡婦』。
〔三〕『東京』，《廣異記》《太平廣記》《廣艷異編》作『東平』，當是。

其後，李充租綱入京，與鄭同還。至故城，大會鄉里，飲宴十餘日〔一〕。李催發數四，鄭固稱疾不起，李亦憐而從之。又十餘日，不獲已，事理須去。行至郭門，忽言腹痛，下馬便走，勢疾如風。李與其僕數人極騁追，不能及，便入故城，轉入易水村，足力少息，李不能捨，復逐之。垂及，因入小穴，極聲呼之，寂無所應。戀結悽愴，言發淚下。會日暮，村人爲草塞穴口，還店止宿。及明，又往呼之，無所見，乃以火燻。久之，村人爲掘深數丈，見牝狐死穴中，衣服脱卸如蜕，脚上着錦襪。李歎息良久，方埋之。歸店，取獵犬噬其子，子略不驚怕，便將入都，寄親人家養之。

輸納畢，復還東平，婚於蕭氏。蕭氏常呼李爲『野狐婿』，李初無以答。一日晚，李與蕭携手歸房狎戲，復言其事，忽聞堂前有人聲，李問：『阿誰夜來？』答曰：『君豈不識鄭四娘耶？』李素所鍾念者〔二〕，一聞〔三〕其言，遽欣然躍起，問：『鬼乎？

〔一〕『十餘日』，《廣異記》《太平廣記》《廣艷異編》作『累十餘日』。
〔二〕『鍾念者』，《廣異記》《太平廣記》作『鍾念』。
〔三〕『一聞』，《廣異記》《太平廣記》作『聞』。

人乎？』答云：『身是鬼〔一〕也。』欲近之而不能。四娘因謂李：『人神道殊，賢夫人何至數相謾罵？且所生之子，遠寄人家，其人皆言狐生，不給衣食，豈不念乎？宜早爲撫育，九泉無恨也。若夫人復云云〔二〕相侮，又小兒不收，必將爲君之患。』言畢不見，蕭遂不復敢言〔三〕其事。唐天寶末，子年十餘，甚無恙。

【按】本篇《太平廣記》卷四五一《李𪊨》，注出《廣異記》。《廣異記》卷一二、《廣艷異編》卷二九《鄭四娘》、《情史》卷二一《狐精》等載之。

白狐擣練石

唐丞相李揆，乾元初，爲中書舍人。嘗一日退朝，歸見一白狐在庭中擣練石上，命侍僮逐之，已亡見矣。時有客於揆門者，因話其事，客曰：『此祥符也，某敢賀。』至明日，果選禮部侍郎。

〔一〕『身是鬼』，《廣異記》《太平廣記》作『身即鬼』，《廣艷異編》作『身耶鬼也』。
〔二〕『復云云』，《廣異記》《太平廣記》作『云云』。
〔三〕『言』，《廣異記》《太平廣記》作『説』。

【按】本篇《太平廣記》卷四五一《李揆》，注出《宣室志》，《天中記》卷六〇、《玉芝堂談薈》卷九、《淵鑒類函》卷四三一、《登科記考》卷一〇等并引其事。

狐戴髑髏變爲婦人

晉州長寧縣有沙門晏通，修頭陀法。將夜則必就叢林亂冢寓宿焉，雖風雨露雪，其操不易，雖魑魅魍魎，其心不摇。月夜，棲於道邊積骸之左，忽有妖狐踉蹌而至，初不疑〔一〕晏通在樹影也。乃取髑髏，安於其首，遂摇動之，儻振落者，即不再顧，因別選焉，不四五，遂得其一，岌然而綴。乃褰擷木葉、草花，障蔽形體，隨其顧盻，即一衣服〔二〕。須臾，化作婦人，綽約而去。乃於道右，以伺行人。俄有促馬南來者，妖狐遥聞，則慟哭於路。過者駐騎問之，遂對曰：『我，歌人也，隨夫入奏〔三〕。今曉，

〔一〕『不疑』，《太平廣記》作『不虞』。
〔二〕『即一衣服』，《太平廣記》作『即成衣服』。
〔三〕『入奏』，《太平廣記》作『入秦』。

夫爲盗殺，掠去其財。伶俜孤遠，思顧北歸，無由致脱，儻能[二]收採，當誓微軀，以執婢役。』過者，易定軍人也。即下馬熟視，悦其都治，詞意叮嚀，便以後乘挈行焉。晏通遽出，謂曰：『此妖狐也。君何容易？』因以[三]錫杖叩狐腦，髑髏應手即墜，遂復形而竄焉。

【按】本篇《太平廣記》卷四五一《僧晏通》，注出《集異记》。本篇狐取髑髏變成美女的描寫，成爲此後人狐小説的創作模式，對《剪燈餘話》《聊齋志異》等影響頗巨。

狐稱任氏

任氏，女妖也。唐有韋使君者，名崟，第九，信安王李褘之外孫。少落拓，好飲酒，其從父妹婿曰鄭六，不記其名。早習武藝，亦好酒色，貧無家，託身於妻族，與

[二]『儻能』，《太平廣記》作『能』。
[三]『以』，《太平廣記》均作『舉』。

崟相得，游處不間。

天寶〔一〕九年六月，崟與鄭子偕行於長安陌中，將會飲於新昌里。至宣平之南，鄭子辭有故，請間去，繼至飲所。崟乘白馬而東，鄭子乘驢而南，入昇平之北門。偶值三婦人行於道中，中有白衣者，容色殊麗〔二〕。鄭子見之驚悦，策其驢，忽先之，忽後之，將挑之而未敢〔三〕。白衣時時盼睞，意有所受。鄭子戲之曰：『美艷若此而徒行，何也？』白衣笑曰：『有乘不解相假，不徒行何爲？』鄭子曰：『劣乘不足以代佳人之步。今輒以相奉，某得步從足矣。』相視大笑。同行者更相眩誘，稍已狎暱，鄭子隨之，東至樂遊原，已昏黑矣。見一宅，土垣車門，室宇甚嚴，白衣將入，顧曰：『願少踟躕。』而入。女奴從者一人，留於門屏間。問其姓第，鄭子既告，亦問之，對曰：『姓任氏，第二十。』少頃，延入，鄭子〔四〕繫驢於門，置帽於鞍，始見婦人，年二十

〔一〕『天寶』，《太平廣記》前均有『唐』字。
〔二〕『殊麗』，《太平廣記》作『姝麗』。
〔三〕『將挑之而未敢』，《太平廣記》作『將挑而未敢』。
〔四〕『鄭子』，《太平廣記》作『鄭』。

餘，與之承迎，即任氏婦也。列燭置膳，舉酒數觴，任氏更衣理妝〔一〕而出，酣飲極歡，夜久而寢。其嬌姿〔二〕美質，歌笑態度，舉措皆艷，殆非人世所有。將曉，任氏曰：『可去矣。兄弟某〔三〕名係教坊，職屬南衙，晨興將出，不可淹留。』乃約後期而去。

既行，及里門，門扃未發。門旁有胡人鬻餅之舍，方張燈熾爐，鄭子憩其簾下，坐以候鼓。因與主人言，鄭子指宿所以問之，曰：『自此東轉有門第〔四〕，誰氏之宅？』主人曰：『此隤墉棄地，無第宅也。』鄭子曰：『適過之，曷以云無？』與之固爭，主人適悟，乃曰：『吁！我知之矣。此中有一狐，多誘男子偶宿，嘗三見矣。今子亦遇乎？』鄭子赧而隱曰：『無之〔五〕。』質明，復視其所，見土垣車門如故，窺其中，皆蓁荒及廢圃耳。既歸，見崟，崟責以失期。鄭子不泄，以他事對。然想其艷

〔一〕『更衣理妝』，談本、四庫本《太平廣記》作『更妝』。
〔二〕『嬌姿』，《太平廣記》作『妍姿』。
〔三〕『兄弟某』，《太平廣記》作『某兄弟』。
〔四〕『門第』，《太平廣記》作『門者』。
〔五〕『無之』，《太平廣記》作『無』。

治，願復一見之心，常〔一〕存之不忘。

經十許日，鄭子游入西市衣肆，瞥然見之，曩女奴從。鄭子遽呼之，任氏側身，周旋於稠人中以避焉。鄭子連呼前迫，方背立，以扇障其後，曰：『公知矣，何相近焉？』鄭子曰：『雖知〔二〕之，何患？』對曰：『事可愧恥，難施面目。』鄭子曰：『勤想如是，忍相棄乎？』對曰：『安敢棄也，懼公之見惡耳。』鄭子發誓，詞旨益切，任氏乃迴眸去扇，光彩艷麗如初，謂鄭子曰：『人間如某之比者非一，公自不識耳，無獨怪也。』鄭子請之與叙歡，對曰：『凡某之流，爲人患忌者〔三〕，非他，爲其傷人耳。某則不然，若公未見惡，願終己以奉巾幘〔四〕。』鄭子許之〔五〕，與謀棲止。任氏曰：『從此而東，大樹出於棟間者，門巷幽靜，可稅以居。前時自宣平之南，乘白馬

〔一〕『常』，《太平廣記》作『嘗』。
〔二〕『知』，上海圖書館藏《狐媚叢談》脱失此字，據日本藏《狐媚叢談》補。
〔三〕『患忌』，《太平廣記》均作『惡忌』。
〔四〕『巾幘』，《太平廣記》作『巾櫛』。
〔五〕『許之』，《太平廣記》作『許』。

而東者，非君妻之昆弟乎？其家多什器，可以假用。』

是時，崟伯叔從役於西方〔一〕，一院〔二〕什器，皆貯藏之。鄭子如言訪其舍，而詣崟假什器。問其所用，鄭子曰：『新獲一麗人，已税得其舍，假具以備用。』崟曰〔三〕：『觀子之貌，必獲詭陋，何麗之絶也？』崟乃悉假帷帳、榻席之具，使家僮之慧黠〔四〕者隨以覘之。俄而奔走返命，氣吁汗洽。崟迎問：『有之乎？〔五〕』曰：『有。』問：『其容若何〔六〕？』曰：『奇怪也！天下未嘗見之矣。』崟姻族廣茂，且夙從逸遊，多識美麗。乃問曰：『孰若某美？』僮曰：『非其倫也！』崟遍比其佳者四五人，皆曰：『非其倫。』是時吴王之女有第六者，則崟之内妹，穠艶如神仙，中表素推第一。崟問曰：『孰與吴王家第六女美？』又曰：『非其倫也。』崟撫手大駭曰：『天下豈

〔一〕『西方』，《太平廣記》作『四方』。
〔二〕『一院』，《太平廣記》均作『三院』。
〔三〕『崟曰』，《太平廣記》均作『崟笑曰』。
〔四〕『慧黠』，四庫本同，談愷本《太平廣記》作『惠黠』。
〔五〕『有之乎』，《太平廣記》作『有乎』。
〔六〕『其容若何』，《太平廣記》均作『容若何』。

有斯人？』遽命汲水漂頸〔一〕，巾首膏唇而往。

既至，鄭子適出。崟入門，見小僮擁篲方掃，有一女奴在其門，他無所見。徵於小僮，小僮笑曰：『無之。』崟周視其内〔二〕，見紅裳出於户下，迫而察焉，見任氏戢身匿於扇間。崟拽出〔三〕，就明而觀之，殆不謬〔四〕於所傳矣。崟愛之發狂，乃擁而凌之，不服。崟以力制之，方急，則曰：『服矣，請少迴旋。』既緩〔五〕，則捍禦如初。如是者數四。崟乃悉力急持之，任氏力竭，汗若濡雨。自度不免，乃縱體不復抗拒，而任氏〔六〕慘變。崟問曰：『何色之不悦如是？』任氏長嘆息曰：『鄭六之可哀也！』崟曰：『何謂？』對曰：『鄭生有六尺之軀，而不能庇一婦人，豈丈夫哉！且公少豪

〔一〕『漂頸』，《太平廣記》作『澡頸』。
〔二〕『其内』，《太平廣記》作『室内』。
〔三〕『拽出』，四庫本、談愷本《太平廣記》作『别出』，沈氏鈔本《太平廣記》作『引出』。
〔四〕『不謬』，《太平廣記》作『不過』。
〔五〕『緩』，《太平廣記》作『從』。
〔六〕『任氏』，《太平廣記》作『神色』。

侈，多獲佳麗，遇〔一〕某之比者衆矣。而鄭生窮賤〔二〕，其〔三〕所稱愜者，唯某而已。忍以有餘之心，而奪人之不足乎？哀其窮餒，不能自立，衣公之衣，食公之食，故爲公所縶耳。若糠糗可給，不當至是。』崟豪俊有義烈，聞其言，遽置之，歛衽而謝曰：『不敢。』俄而，鄭子至，與崟相視咍樂。自是，凡任氏之薪粒牲餼，皆崟給焉。任氏時有經過，出入或車馬輿步，不常所止。崟日與之遊，甚歡。每相狎暱，無所不至，唯不及亂而已。是以崟愛之重之，無所吝惜，一食一飲，未嘗忘焉。任氏知其愛己，因言以謝曰：『愧公之見愛甚矣。顧以陋質，不足以答厚意。且不能負鄭生，故不得遂公歡。某，秦人也，生長秦城。家本伶倫，中表姻族，多爲人寵媵，以是長安狹邪〔四〕，悉與之通。或有姝麗，悅而不得者，爲公致之可〔五〕矣。願持此以報德。』崟曰：『幸甚！』

〔一〕『遇』，四庫本、談愷本《太平廣記》同，沈氏鈔本《太平廣記》作『逾』。
〔二〕『窮賤』，《太平廣記》後均有『耳』。
〔三〕『其』，《太平廣記》均無。
〔四〕『狹邪』，《太平廣記》均作『狹斜』。
〔五〕『之可』，上海圖書館藏《狐媚叢談》書頁破損，脱失二字，據日本藏《狐媚叢談》補。

鄽中有鬻衣之婦，曰『張十五娘』者，肌體凝潔，崟常悦者〔一〕。因問任氏識之乎，對曰：『是某表姊妹〔二〕，致之易耳。』旬餘，果致之。數月，厭罷。

任氏曰：『市人易致，不足以展效。或有幽絶之難謀者，試言之，願得盡智力焉。』崟曰：『昨者寒食，與二三子游於千佛寺。見刁將軍緬張樂於殿堂，有善吹笙者，年二八，雙鬟垂耳，嬌姿艷絶，當識之乎？』任氏曰：『此寵奴也，其母即妾之内姊也。求之可也。』崟拜於席下。任氏許之，乃出入刁家。月餘，崟促問其計，任曰〔三〕：『願得雙釵〔四〕以爲賂。』崟依給焉。後二日，任氏與崟方食，而緬使蒼頭控青驄以迓任氏。任氏聞召，笑謂崟曰：『諧矣。』初，刁氏家寵奴以病，鍼餌莫減。其母與緬憂之方甚，將徵諸巫。任氏密賂巫者，指其所居，使言從就爲吉。及視疾，

〔一〕『悦者』，《太平廣記》作『悦之』。
〔二〕『姊妹』，《太平廣記》作『娣妹』。
〔三〕『任曰』，《太平廣記》作『任氏』。
〔四〕『雙釵』，沈氏鈔本《太平廣記》同，四庫本、談愷本《太平廣記》作『雙縑』。

巫曰：『不利在家，宜出居東南某所，以取生氣。』緬與其母詳其地處〔二〕，則任氏之第在焉。緬遂請居，任氏謬辭以偪狹，勤請而後許。乃輦服玩，并其母，偕送於任氏。至則疾愈。未數日，任氏密引崟以通之，經月乃孕。其母懼，遽歸以就緬，自是〔三〕遂絶。

他日，任氏謂鄭子曰：『公能致錢五六千乎？將爲謀利。』鄭子曰：『可。』遂假求於人，獲錢六千。任氏曰：『有人鬻馬於市者，馬之股有疵，可買以居之。』鄭子如市，果見一人牽馬求售，眚〔三〕在左股，鄭子買以歸。其妻昆弟皆嗤之，曰：『是棄物也，買將何爲？』無何，任氏曰：『馬可鬻矣，當獲三萬。』鄭子乃賣之。有酬二萬，鄭子不與，一市盡曰：『彼何苦而貴買，此何愛而不鬻？』鄭子乘之歸〔四〕。買者

〔二〕『地處』，《太平廣記》作『地』。
〔三〕『自是』，《太平廣記》作『由是』。
〔三〕『眚』，《太平廣記》均作『青』。
〔四〕『乘之歸』，《太平廣記》均作『乘之以歸』。

隨至其門，纍增其估，至二萬五千，又不與〔一〕，曰：『非三萬不鬻。』其妻昆弟聚而詬之，鄭子不獲已，遂賣，卒不登三萬。既而密伺買者，徵其由，乃昭應縣之御馬疵股者，死三歲矣。斯吏不時除籍。官徵其估，計錢六萬，没其半〔二〕以買之，所獲尚多矣。若有馬以備數，則三年芻粟之估，皆吏得之。且所償蓋寡，是以買耳。任氏又以衣服故弊，乞衣於崟。崟將買全綵與之，任氏不欲，曰：『願得成制者。』崟召市人張大爲買之，使見任氏，問所欲。張大見之，驚謂崟曰：『此必天人貴戚，爲郎所竊耳〔三〕，非〔四〕人間所宜有者。願速歸之，無及於禍。』其容色之動人也如此。竟買衣之成者，而不自紉縫也，不曉其意。

後歲餘，鄭子武調，授槐里府果毅尉，在金城縣。時鄭子方有妻室，雖晝游於外，

〔一〕『又不與』，《太平廣記》作『不與』。
〔二〕『没其半』，《太平廣記》作『設其半』。
〔三〕『耳』，《太平廣記》無此字。
〔四〕『非』，《太平廣記》作『且非』。

而夜寢於內，方恨〔一〕不得專其夕。將之官，邀與任氏俱去。任氏不欲往，曰：『旬月同行，不足以爲歡。請計日〔二〕給糧餼，端居以遲歸。』鄭子懇請，任氏愈不可。鄭子乃求崟資助。崟更加〔三〕勸勉，且詰其故。任氏良久曰：『有巫者言，某是歲不利西行，故不欲俱〔四〕。』鄭子甚惑也，不想其他，與崟大笑曰：『明智若此，而爲妖惑，何哉？』固請之。任氏曰：『儻巫者言可徵，徒爲公死，何益？』二子曰：『豈有斯理乎？』懇請如初。任氏不得已，遂行。崟以馬借之，出祖於臨皋，揮袂別去。信宿至馬嵬。任氏乘馬居其前，鄭子乘驢居其後，女奴別乘，又在其後。是時，西門圉人教獵狗於洛川，已旬日矣。適值於道，蒼犬騰出於草間。鄭子見任氏歘然墜於地，復本形而南馳。蒼犬逐之，鄭子隨走叫呼，不能止。里餘，爲犬所獲。鄭子銜涕，出囊中錢，贖以瘞之，削木爲記。廻覩其馬，嚙草於路隅，衣服悉委於鞍上，履襪猶懸於鐙

〔一〕『方恨』，《太平廣記》作『多恨』。
〔二〕『計日』，《太平廣記》作『計』。
〔三〕『更加』，《太平廣記》作『與更』。
〔四〕『俱』，《太平廣記》作『耳』。

間，若蟬蜕然。惟首飾墜地，餘無所見。女奴亦逝矣。

旬餘，鄭子還城，崟見之喜迎問曰：『任子無恙乎？』鄭子泫然對曰：『殁矣！』崟聞之驚慟〔一〕，相持於室，盡哀。徐問疾故，答曰：『爲犬所害。』崟曰：『犬雖猛，安能害人？』答曰：『非人。』崟駭問〔二〕：『非人者何？〔三〕』鄭子方述本末，崟驚訝歎息不能已。明日命駕，與鄭子俱適馬嵬，發瘗視之，長號〔四〕而歸。追思前事，惟衣不自製，與人頗異焉。其後鄭子爲總監使，家甚富，有櫪馬十餘匹，年六十五，卒。

大曆中，沈既濟居鍾陵，嘗與崟遊，屢言其事，故知詳悉。後崟爲殿中侍御史〔五〕，遂殁而不返。

【按】本篇《太平廣記》卷四五二，題『任氏』。《類説》卷二八題『任氏傳』、《虞初志》卷八《任氏傳》、《艷異編》卷三三《任氏傳》、《緑窗女史》卷八《任氏傳》等載録。《情史》卷二

〔一〕『聞之驚慟』，《太平廣記》作『亦慟』。
〔二〕『駭問』，《太平廣記》作『駭曰』。
〔三〕『非人者何』，《太平廣記》作『非人何者』。
〔四〕『長號』，《太平廣記》作『長慟』。
〔五〕《太平廣記》後有『兼隴州太守』句。

一《狐精》亦録之，文稍異。

狐仙

党超元者，司州郃陽〔一〕縣人。元和二年，隱居華山羅敷水南。明年冬〔二〕十二月十六日，夜近二更，天晴月朗，風景甚好，忽聞扣門之聲。令童僕〔三〕候之，云：『一女子，年可十七八，容色絶代，異香滿路。』超元邀之而入，與坐，言辭清辯，風韻甚高，固非人世之材。良久，曰：『君識妾何人也？』超元曰：『夫人非神仙，即必非尋常人也。』女曰：『非也。』又曰：『君知妾此來何欲？』超元曰：『不以陋愚，特垂枕席之歡耳。』女笑曰：『殊不然也。妾非神仙，乃南塚之妖狐也。學道多年，遂成仙業。今者業滿願足，須從凡例，祈君活之耳。枕席之娱，笑言之會，不置心中有年

〔一〕『司州郃陽』，陳應翔本《幽怪録》作『同州郃陽』。據《元和郡縣圖志》，郃陽當屬同州。
〔二〕『冬』，《稗家粹編》無此字。
〔三〕『童僕』，《稗家粹編》作『童』。

矣。乞不以此懷疑，若徇微情，願以命託。』超元唯唯。又曰：『妾命後日當死於五坊箭下。來晚獵徒有過者，宜備酒食以待之。彼必問其所須，即曰：「親愛有疾，要一臘狐〔二〕，能遂私誠，必有殊贈。」以此懇請，其人必從。贈禮所須，今便留獻。』因出束素與党，曰：『得妾之屍，請夜送舊穴。道成之日〔三〕，奉報不輕。』乃拜泣而去。至明，乃鬻束素以市酒肉，爲待賓之具。其夕，果有五坊獵騎十人來求宿，遂厚遇之。十人相謂曰：『我獵徒也，宜爲衣冠所惡。今党郎傾盖如此，何以報之？』因問所須，超元曰：『親戚有疾，醫藉臘狐，其疾見困，非此不愈。』乃祈於諸人：『幸得而見惠，願奉五素爲酒樓費。』十人許諾而去。南行百餘步，有狐突走遶大塚者，作一圍圍之，一箭而斃。其徒喜曰：『昨夜党人固求，今日果獲。』乃持來與超元，奉之五素。既去，超元洗其血，卧於寢床，覆以衣衾。至夜分人寂，潛送穴中，以土封之。

〔二〕『臘狐』，《稗家粹編》《廣艷異編》同，陳本《玄怪録》作『獵狐』。
〔三〕『之日』，《幽怪録》作『之後』。

後七日夜半，復有扣門者，超元出視，乃前女子也，又延入。泣謝曰：『道業雖成，準例當死，爲人所食，無許復生。今蒙深恩，特全軆質，修理得活，以證此身。藥金磨頂至踵，無以奉報。人塵已去，雲駕有期，仙路遥遥，難期會面，請從此辭。藥金五十斤，收充贈謝。此金每兩值四十緡，非胡客勿示。』乃出其金，再拜而去，且曰：『金烏未分，青雲出於塚上者，妾去之候也。火宅之中，愁焰方熾，能思静理，少思〔一〕俗心，亦可一念之間，暫臻涼地。勉之！勉之！』言訖而去。明晨專視，果有青雲出於塚上，良久方散。人驗其金，真奇寶也。即日携入市，市人只酬常價。

後數年，忽有胡客來詣〔二〕，曰：『知君有異金，願一觀之。』超元出示，胡笑曰：『此乃九天掖金，君何以致之？』於是，每兩酬四十緡，收之而去。後不知所在〔三〕耳。

【按】本篇出《幽怪録》卷四《華山客》、《類説》卷一一《冢狐學道成仙》、《稗家粹編》卷

〔一〕『少思』，《稗家粹編》同，陳本《玄怪録》《廣艷異編》作『少息』。

〔二〕『來詣』，《稗家粹編》《廣艷異編》同，陳本《玄怪録》作『請』。

〔三〕『所在』，《幽怪録》作『其所在』。

八《華山客》、《廣艷異編》卷二九《狐仙》、《逸史搜奇》壬集七等載之。

鬼騎狐

宋溥者，唐大曆中爲長城尉。自言幼時，與其黨暝扱野狐，數夜不獲。後因月夕，復爲其事。見一鬼戴笠騎狐，唱《獨盤子》。至扱所，狐欲入扱，鬼乃以手搭狐頰，因而復廻，如是數四。其後夕，溥復下扱伺之。鬼又乘狐，兩小鬼引前，往來扱所，溥等無所獲而止。

【按】本篇《太平廣記》卷四五一《宋溥》，注出《廣異記》。本條與下文《狐爲老人》，同出《宋溥》。

狐善飲酒

唐天寶中，李萇爲絳州司士，攝司户事。舊傳此闕素凶，廳事若有小孔子出者，司户必死，天下共傳『司户孔子』。萇自攝職，便處此廳。十餘日，兒年十餘歲，如厠，有白裙婦人，持其頭，將上墻，人救獲免，忽不復見。萇大怒罵，曲空中以瓦擲中萇手。萇表弟[一]崔爲本州參軍，是日至萇所，言：『此野狐耳，曲沃饒鷹犬，當大致之。』俄又擲糞於崔杯中。後數日，犬至，萇大獵，獲狡狐數頭，懸於簷上。夜中，聞簷上呼『李司士』，云：『此是狐婆作祟，何以枉殺我娘兒？欲就司士一飲，明日可具觴相待。』萇云：『己正有酒，明早來。』及明，酒具，而狐至。不見形影，具聞其言。萇因與交杯，至狐，其酒翕然而盡。狐纍飲三斗許，萇唯飲二升。忽言云：『今日醉矣，恐失禮儀，司士可罷宴。狐婆不足憂[二]，明當送法禳之。』翌日，萇將入衙門[三]，忽聞簷上云：『領取法。』尋有一團紙落。萇便開視，中得一帖，令施燈心席，席後乃書符，符法甚備。萇依行，其怪遂絶。

[一]『萇表弟』，《廣異記》《太平廣記》作『表弟』。
[二]『不足憂』，《廣異記》《太平廣記》作『不足憂矣』。
[三]『衙門』，《廣異記》《太平廣記》作『衙』。

【按】本篇《太平廣記》卷四五二《李蕒》，注出《廣異記》。

狐戲王生

杭州有王生者，建中初，辭親之上國。收拾舊業，將投一親知〔二〕，求一官耳。行至圃田下道，尋訪外家舊莊。日晚，柏林中見二野狐，倚樹如人立，手執一黄紙文書，相對言笑，旁若無人。生大〔三〕叱之，不爲變動。生乃取彈，因引滿彈之，且中其執書者之目，二狐遺書而走。王生遽往，得其書，纔一兩紙，文字類梵書，而莫究識，遂緘於書袋中而去。

其夕，宿於前店，因話於主人。方訝其事，忽有一人，携囊〔三〕來宿，疾眼〔四〕之甚，

〔二〕『將投一親知』，《太平廣記》作『將投於親知』。
〔三〕『大』，《太平廣記》作『乃』。
〔三〕『携囊』，《太平廣記》作『攜裝』。
〔四〕『疾眼』，《太平廣記》作『眼疾』。

若不可忍，而語言分明。聞王之言曰：『大是奇事，如何得見其書？』王生方將出書，主人見患眼者，一尾垂下床，因謂生曰：『此，狐也。』王生遽收書於懷中，以手摸刀逐之，則化爲狐而走。一更後，復有人扣門，王生心動曰：『此度更來，當與刀箭敵汝矣。』其人隔門曰：『爾若不還我文書，後無悔也！』自是，更無消息。王生秘其書，緘縢甚密。行至都下，以求官伺謁之事期方賒緩，即乃典貼舊業田園，卜居近坊，爲生生之計。

月餘，有一僮，自杭州而至，縗裳入門，手執凶訃。王生迎而問之，則生已丁家艱矣數日〔一一〕，聞慟〔一二〕。生因視其書，則母之手字，云：『吾本家秦，不願葬於外地。今江東田地物業，不可分毫破除。但都下之業，可一切處置，以資喪事。備具皆畢，然後自來迎節〔一三〕。』王生乃盡貨田宅，不候善價，得其資，備塗芻之禮，無所

〔一一〕『生已丁家艱矣數日』，四庫本、談愷本《太平廣記》作『生已丁家難矣數日』，沈氏鈔本《太平廣記》作『生已丁家難已數日』。

〔一二〕『聞慟』，沈氏鈔本《太平廣記》作『聞之慟哭』。

〔一三〕『迎節』，談愷本同，誤。四庫本、沈氏鈔本《太平廣記》《廣艷異編》作『迎接』，當是。

欠少。既而復籃舁東下以迎靈輿。及至揚州，遥見一船〔一〕，上有數人，皆喜笑歌唱。漸近視之，則皆王生之家人也。意尚謂其家貨之，今屬他人矣。須臾，又有小弟妹褰簾而出，皆綵服笑語。驚愕之際，則其船上家人又驚呼曰〔二〕：『郎君來矣，是何服飾之異也？』王生潛令人問，乃聞其母在〔三〕。遽毁縗絰，行拜而前。母迎而問之，王生告其故〔四〕。母曰〔五〕：『安得此理？』王生乃出母書〔六〕，一張空紙耳。母又曰：『吾所以來此者，前月得汝書，云：「近得一官，令吾盡貨江東之産，爲入京之計。」今，無可歸矣。』及母出王生所寄之書，又一空紙耳。王生遂發使入京，盡毁其凶喪之具。因鳩集餘資〔七〕，且往江東，所有十無一二，纔得數間屋，至以庇風雨而已。

〔一〕『一船』，《廣艷異編》同，《太平廣記》作『一船子』。
〔二〕『則其船上家人又驚呼曰』，《廣艷異編》同，各本《太平廣記》均作『則其家人船上驚呼，又曰』。
〔三〕『乃聞其母在』，《廣艷異編》同，四庫本、談愷本《太平廣記》作『乃聞其母驚出』。
〔四〕『王生告其故』，《太平廣記》無此句。
〔五〕『母曰』，《廣艷異編》同，《太平廣記》作『其母駭曰』。
〔六〕『出母書』，《廣艷異編》同，《太平廣記》作『出母送遺書』。
〔七〕『因鳩集餘資』，《廣艷異編》同。《太平廣記》後有『自淮却扶侍』句。

有弟一人，别且數歲，一旦忽至，見其家道敗落，因徵其由。王生具話本末，又述妖狐事，曰：『但應以此爲禍耳。』其弟驚嗟。因出妖狐之書以示之。其弟纔執其書，退而置於懷中，曰：『今日還我天書。』言畢，乃化作一狐而去。

【按】本篇《太平廣記》卷四五三，題『王生』，注出《靈怪録》，誤，當爲《靈怪集》。《廣艷異編》卷二九《王生》録之。

狐爲老人

談衆者，幼時，下扱，匿身樹上[二]，忽見一老人，扶杖，至己所止樹下，仰問：『樹上是何人物？』衆時尚幼，甚惶懼，其兄怒罵云：『老野狐，何敢若[三]此！』下樹逐之，遂變狐走。

[二]『匿身樹上』，《太平廣記》無，當爲作者所加。

[三]『若』，上海圖書館藏《狐媚叢談》此字挖除，由墨筆補寫。《太平廣記》、日本藏《狐媚叢談》作『如』。

【按】本篇《太平廣記》卷四五一《宋溥》，注出《廣異記》。本條爲《宋溥》下段。爲使成文，本條删去《太平廣記》「云」字，并將故事的叙事語氣由引述改變爲陳述。

狐負美姬

中書令〔一〕蕭志忠，景雲元年，爲晉州刺史，將以臘日畋遊，大事罝羅。先一日，有薪者樵於霍山，暴瘧，不能歸，因止岩穴之中，呻吟不寐〔二〕。似聞谷窣〔三〕有人聲，初以爲盗賊將至，則匍匐伏於枯木中〔四〕，時山月甚明。有一人，身長丈餘，鼻有三角，體被豹鞟，目閃閃如電，向谷長笑〔五〕。俄有虎、兕、鹿、豕、狐、兔、雉、雁，

〔一〕「中書令」，《太平廣記》作「唐中書令」。
〔二〕「呻吟不寐」，《太平廣記》作「夜將艾，呻吟不寐」。
〔三〕「谷窣」，陳應翔本《玄怪録》《稗家粹編》《廣艷異編》同，《太平廣記》作「悉窣」。
〔四〕「枯木中」，《太平廣記》《廣艷異編》同，陳應翔本《玄怪録》《稗家粹編》作「林木中」。
〔五〕「長笑」，陳應翔本《玄怪録》《稗家粹編》同，《太平廣記》《廣艷異編》作「長嘯」，當是。

駢匝〔一〕百許步，長人即唱言曰：『余，玄冥使者，奉北帝之命，明日臘日，蕭使君當領畋獵。汝等若干合鷹死，若干合箭死。』〔二〕言訖，群獸皆俯伏戰懼，若請命者。有老虎洎〔三〕老麋，皆屈膝向長人言曰：『以某之命，即實以分。然蕭使君仁者，非意欲害物，以行時令耳，若有少故則止，使者豈無術救余？』使者曰：『非余欲殺汝輩，但以帝命，宣示汝等刑名，即余使乎之事畢矣。自此，任爾自爲計。然余聞東谷嚴四善謀，爾等可就彼祈求。』群獸皆輪轉歡叫。使者即東行，群獸畢從〔四〕。時薪者病亦少間，隨往覘之。

既至東谷，有茅堂數間，黄冠一人，架懸虎皮，身熟寢，驚起，見使者曰：『闊別既久，每多思望。今日至此，得無〔五〕配群生臘日刑名乎？』使者曰：『正如高明所

〔一〕『匝』，《稗家粹編》作『迎』。
〔二〕『汝等若干合鷹死，若干合箭死』，陳應翔本《玄怪録》《稗家粹編》同，《太平廣記》作『爾等若干合箭死，若干合鎗死，若干合網死，若干合棒死，若干合狗死，若干合鷹死』。
〔三〕『洎』，《稗家粹編》作『伯』，誤。
〔四〕『畢從』，《太平廣記》同，陳應翔本《玄怪録》作『翼從』，《稗家粹編》作『異從』，誤。
〔五〕『得無』，陳應翔本《玄怪録》《稗家粹編》同，《太平廣記》作『得非』。

問。然彼皆求生於四兄，四兄當爲謀之。』老麋〔一〕即屈膝哀請。黄冠曰：『蕭使君從仁心，作恤其飢寒〔二〕。若祈滕六降雪，巽二起風，即不復遊獵矣。余昨得滕六書，已知喪偶。又聞索泉〔三〕第五娘子，爲歌姬，以妒忌黜。若汝求得美女〔四〕納之，雪立降矣。又巽二好酒〔五〕，汝若求得醇醪賂之，則風立生。』有一狐〔六〕，自稱『多媚』：『能取之河東縣尉崔知之第三妹，美淑媚綏綏〔七〕。絳州盧思由〔八〕善醪釀〔九〕，妻産，必有美酒。』言訖而去，諸獸皆有歡聲。

〔一〕『老麋』，《稗家粹編》同，《太平廣記》、陳應翔本《玄怪録》作『老虎、老麋』。
〔二〕『蕭使君從仁心，恤其飢寒』，《稗家粹編》同，《太平廣記》作『蕭使君每役人必恤其飢寒』。
〔三〕『索泉』，《太平廣記》作『索泉家』。
〔四〕『美女』，《太平廣記》作『美人』。
〔五〕『好酒』，《太平廣記》《廣艷異編》《玄怪録》《稗家粹編》作『好飲』。
〔六〕『一狐』，《太平廣記》作『二狐』。
〔七〕『美淑媚綏綏』，《稗家粹編》作『美淑媚綏』，《太平廣記》作『美淑嬌艷』。
〔八〕『盧思由』，陳應翔本《玄怪録》、《稗家粹編》同，《太平廣記》作『盧司户』。
〔九〕『醪釀』，《太平廣記》作『釀醪』。

黃冠乃謂使者曰：『憶合質〔一〕仙都，豈憶千年爲獸身，悒悒不得志耶？聊爲《述懷》一章。』乃吟曰：『昔爲仙子今爲虎，流落陰崖〔二〕足風雨。更將斑毳被余身，千載空山〔三〕萬般苦。』

『含質〔四〕譴謫已滿，惟有十一日，即歸紫府矣。久居於此，將別，無限恨〔五〕，因題數行於壁，以使後人知僕曾居於此矣。』乃書北壁曰：『下玄八千億甲子〔六〕，丹飛先生嚴含質，謫下中天被斑革〔七〕。六十萬甲子〔八〕，血食澗飲，厠猿狖，下濁界，景雲元

〔一〕『合質』，《太平廣記》《廣艷異編》《玄怪録》《稗家粹編》作『含質』。據下文，爲嚴『含質』。

〔二〕『陰崖』，陳應翔本《玄怪録》《稗家粹編》同，《太平廣記》作『陰涯』。

〔三〕『空山』，《虎苑》《古謡諺》作『青山』。

〔四〕『含質』，《稗家粹編》作『然含質』。

〔五〕『無限恨』，《太平廣記》作『不無恨恨』。

〔六〕『下玄八千億甲子』，陳應翔本《玄怪録》、四庫本《太平廣記》、《稗家粹編》、《廣艷異編》本同，談愷本《太平廣記》作『下玄八千憶甲子』。

〔七〕『斑革』，《太平廣記》作『班革』，陳應翔本《玄怪録》、《稗家粹編》、《廣艷異編》作『斑革』，據上文，當爲『斑革』。

〔八〕『六十萬甲子』，陳應翔本《玄怪録》《稗家粹編》《廣艷異編》同，《太平廣記》作『六十甲子』。

祀〔二〕升太一。』時薪者素曉書〔三〕，因密記得之。

少頃，老狐負美女至，纔及笄歲，紅袂拭目，殘妝妖媚。又有一狐，負美酒二瓶，香氣苦烈〔三〕。嚴四兄即以美女洎美酒，瓶各内一壺〔四〕中，以朱書二符〔五〕，取水噀之，壺〔六〕即飛去。薪者懼爲所覺〔七〕，尋即廻〔八〕。未明，風雪暴至，竟日乃罷，而蕭使君不復獵矣。

【按】本篇《太平廣記》卷四四一《蕭至忠》，注出《玄怪録》，『蕭至忠』，當爲『蕭志忠』。《類説》卷一一《滕六降雪，巽二起風》，《緯略》卷一〇《滕六降雪》，《事文類聚》前集卷四《滕六降雪》、《天中記》卷二《巽二起風》、《稗家粹編》卷四《蕭至忠》、《新刻類輯故事

〔二〕『景雲元祀』，《稗家粹編》《廣艷異編》同，《玄怪録》《太平廣記》作『景雲元紀』。
〔三〕『素曉書』，《稗家粹編》作『素曉書詞』，《玄怪録》《太平廣記》《廣艷異編》作『素曉書誦』。
〔三〕『苦烈』，《稗家粹編》作『苦裂』，《玄怪録》《太平廣記》《廣艷異編》作『酷烈』。
〔四〕『一壺』，《太平廣記》作『一囊』。
〔五〕『朱書二符』，《太平廣記》作『朱書一符』。
〔六〕『壺』，《稗家粹編》作『二壺』，《太平廣記》作『二囊』。
〔七〕『懼爲覺』，《稗家粹編》作『懼且爲所』，《玄怪録》《太平廣記》《廣艷異編》作『懼且爲所見』。
〔八〕『即廻』，《稗家粹編》作『即尋却廻』。

通考旁訓》卷一《滕六降雪》、《廣艷異編》卷二八《丹飛先生傳》、《逸史搜奇》庚集六《蕭志忠》等載之。《全唐詩》卷八六七《嚴含質詩》、《虎苑》卷上、《虎薈》卷三節録嚴含質故事與詩。

李自良奪狐天符

唐李自良少在兩河間，落拓不事生業。好鷹鳥，常竭囊貨，爲鞲紲之用。馬燧之鎮太原也，募以能鷹犬從禽者，自良自詣軍門自陳〔二〕。自良質狀驍健，燧一見悦之，置於左右。每呼鷹逐獸，未嘗不愜心快意焉。數年之間，纍職至牙門大將。

因從禽縱鷹，逐一狐，狐挺入古壙中，鷹相隨之，自良即下馬，乘勢跳入壙中。深三丈許，其間朗明如燭，見塼榻上有壞棺，復有一道士，長尺餘，執兩紙文書，立於棺上。自良因掣得文書，不復有他物矣，遂臂鷹而出。道士隨呼曰：『幸留文書，

〔二〕『自陳』，《廣艷異編》同，談愷本、四庫本《太平廣記》均作『自上陳』。

當有厚報。』自〔一〕不應，乃視之，其字皆古篆，人莫之識。明良〔二〕，旦有一道士，儀狀風雅，詣自良。自良曰：『仙師何所？』道士曰：『某，非世人，以將軍昨日逼奪天符也。此非將軍所宜有，若見還，必有重報。』自良固不與。道士因屏左右，曰：『將軍，裨將耳，其〔三〕能三年内，致本軍政，無乃極所願乎？』自良曰：『誠如此願。亦未可信，如何？』道士乃超然奮身上騰空中。俄有仙人絳節，玉童白鶴，徘徊空際，以迎接之。須臾，復下，謂自良曰：『可不見乎？此豈是妄言者耶？』自良遂再拜，持文書歸之。道士喜曰：『將軍果有福祚。後年九月内，當如約矣。』於時貞元二年也。

至四年秋，馬燧入覲，太原耆舊有功大將，官秩崇高者，十餘人從焉，自良職最卑。上問：『太原，北門重鎮，誰可代卿者？』燧昏然皆不省，唯記自良名氏，乃奏曰：『李自良可。』上曰：『太原將校，當有耆舊功勳者，自良後輩，素無所聞，卿

〔一〕『自』，《河東記》《太平廣記》作『自良』。
〔二〕『明良』，《河東記》《太平廣記》作『明旦』。
〔三〕『其』，《河東記》《太平廣記》作『某』。

更思量。』燧倉卒不知所對。又曰：『以臣所見，非自良莫可。』如是者再三，上亦未之許。燧出見諸將，愧汗洽背，私誓其心：『後必薦其年德最高者』。明日復問：『竟誰可代卿？』燧依前昏迷，唯記舉自良。上曰：『當俟議定於宰相耳。』他日，宰相入對，上問：『馬燧之將孰賢？』宰相愕然，不能知其餘，亦皆以自良對之。乃拜工部尚書、太原節度使〔二〕。

【按】本篇《太平廣記》卷四五三《李自良》，注出《河東記》，《廣艷異編》卷三〇録其文。

牝狐爲李令緒阿姑

李令緒，即兵部侍郎李紓堂兄。其叔選授江夏縣丞，令緒因往覲叔。及至坐久，門人報云：『某小娘子使家人傳語。』唤入，見一婢，甚有姿態，云：『娘子參拜兄嫂。』且得令緒遠到，丞妻亦傳語云：『娘子能來此看侄兒〔三〕否？』又

〔二〕『太原節度使』，《河東記》《太平廣記》作『太原節度使也』。

〔三〕『侄兒』，《太平廣記》作『兒侄』。

云：『婢〔二〕有何飲食，可致之？』婢去後，其叔謂令緒曰：『汝知乎？吾與一狐知聞逾年矣。』須臾，使人齎大食器至。黄衫奴舁，并向來傳語婢同到，云：『娘子續來。』俄頃間，乘四環金飾輿，僕從二十餘人至門，丞妻出迎。見一婦人，年可三十餘，雙梳雲髻，光彩可鑒。婢等皆以羅綺，異香滿宅。令緒避入，其婦陞堂，坐訖，謂丞妻曰：『令緒既是子侄，何不出來？』令緒聞之，遂出拜。謂曰：『我侄真士人君子之風。』坐良久，謂令緒曰：『觀君甚長厚，心懷中應有急難於衆人。』令緒亦知其故。談話盡日，辭去。後數來，每至，皆有珍饌。經半年，令緒擬歸東洛，其姑遂言：『此度阿姑得令緒心矣。阿姑緣有死〔三〕，擬隨令緒到東洛，可否？』令緒驚云：『行李貧迫，要致車乘，計無所出。』又云：『但許阿姑家事假車乘，只將女子二人，并向來所使婢金花去。阿姑事，令緒應知，不必言也。但空一衣籠，令逐馳家人，每至關津店家，即略開籠，阿姑暫過歇了，開籠

〔二〕『婢』，《太平廣記》作『妹』。
〔三〕『死』，《太平廣記》、日藏《狐媚叢談》作『厄』，當是。

自然出行，豈不易乎？』令緒許諾。及發，開籠，見三四黑影入籠中，出入不失前約。至東都，將到宅，令緒云：『何處可安置？』金花云：『娘子要於倉中甚便。』令緒即掃灑倉，密爲都置，惟逐馳奴知之，餘家人莫有知者。每有所要，金花即自來取之，阿姑時時一見。後數月，云：『厄已過矣，擬去。』令緒問云：『欲往何處？』阿姑云：『胡璿除豫州刺史，緣二女成長，須有匹配，今與渠處置。』

令緒明年合格，臨欲選，家貧無計，乃往豫州。及入境，見榜云：『我單門孤立，亦無親表，恐有擅托親故，妄索供擬。即□〔一〕時申報，必當科斷。』往來商旅，皆傳胡使君清白，於謁者〔二〕絶矣。令緒以此懼進退，久之，不獲已。乃潛入豫州，見有人參謁，亦無所得。令緒即投刺，使君即時引入，一見極喜如故人，云：『雖未奉見，知公有急難，久停〔三〕光儀，來何晚也。』即授館，供給頗厚。一州云：『自使君到，未曾有如此。』每日入宅飲讌，但論時事，亦不言他。經月餘，令緒告別，璿云：『即與

〔一〕『□』，《太平廣記》作『獲』。
〔二〕『於謁者』，《廣艷異編》同，《太平廣記》作『干謁者』，當是。
〔三〕『久停』，《廣艷異編》同，《太平廣記》作『久佇』。

處置路糧，充選時之費。』便集縣令曰：『璿自到州，不曾有親故擾。李令緒，天下俊秀，某平生永展奉。昨一見，知是丈夫，以此重之，諸公合見耳。今請赴選，各須與致糧食，無令輕尠。』官吏素畏其威，自縣令已下，贈絹無數十匹以下者。令緒獲絹千匹，仍備行裝，又留宴別。

令緒因出戟門，見別有一門，金花自內出，云：『娘子在山亭院，要相見。』及入，阿姑已出，喜盈顏色，曰：『豈不能待嫁二女？』又云：『令緒買得柑子〔二〕，不與阿姑，太慳也。』令緒驚云：『實買得，不敢特送。』笑云：『此戲言耳。君所買者，不堪，阿姑自有上者。』與令緒將去，命取之，一一皆大如拳。既別，又喚令緒回，云：『時方艱難，所將絹帛行李，恐遇盜賊，爲之奈何？』乃曰：『借與金花將去，但有事急，一念金花，即當無事。』令緒行數日，果遇盜五十餘人，令緒恐懼墜馬。忽思金花，便見精騎三百餘人，自山而來，軍容甚盛，所持器械，光可以鑑。殺賊略盡，金花命騎士，却掣馳，仍處分兵馬，好去。欲至京，路店宿，其主人女病，

〔二〕『柑子』，《廣艷異編》同，《太平廣記》作『甘子』。

云：『是妖魅。』令緒問主人曰：『是何疾？』答云：『似有妖魅，歷諸醫術，無能暫愈。』令緒云：『治却如何〔一〕？』主人珍重辭謝，乞相救：『但得校損，報效不輕。』遂念金花，須臾便至，具陳其事。略見女之病，乃云：『易也。』遂結一〔二〕壇，焚香爲咒。俄頃，有一狐甚疥癘，縛至壇中，金花決之一百，流血遍地，遂逐之，其女便愈。

及到京，金花辭令緒，令緒云：『遠勞相送，無可贈別。』乃致酒饌。飲酣，謂曰：『既無形跡，亦有一言，得無難乎？』金花曰：『有事但言。』令緒云：『願聞阿姑家事來由也。』對曰：『娘子，本某太守女，其叔父昆弟，與令緒不遠。嫁爲蘇氏妻，遇疾終。金花是從嫁，後數月亦卒，故得在娘子左右。天帝配娘子爲天狼將軍夫人，故有神通，金花亦承阿郎餘蔭。胡使君〔三〕，阿郎親子侄。昨所治店家女，其狐，是阿郎門厠役使，此輩甚多，金花能制之。』云：『鋭騎救難者，是天兵。金花要喚，不論多少。』令緒謝之，云：『此何時當再會？』金花云：『本以姻緣運合，只到今

〔一〕『如何』，《廣艷異編》同，《太平廣記》作『何如』。
〔二〕『一』，上海圖書館藏《狐媚叢談》蟲蛀不清，據《太平廣記》、日本藏《狐媚叢談》補。
〔三〕『胡使君』，《太平廣記》作『胡使君即』。

日。自此姻緣斷絶，便當永辭。』令緒惆悵良久，傳謝阿姑，千萬珍重。厚與金花贈遺，悉不肯受而去。胡璿，後歷數州刺史而卒。

【按】本篇《太平廣記》卷四五三《李令緒》，注出《騰聽異志録》。《廣艷異編》卷二九，題『李令緒』，載之。

三狐相毆

唐貞元中，江陵少尹裴君者，亡其名，有子十餘歲，聰敏有文學，姿貌〔一〕明秀，裴君深愛之〔二〕。後病〔三〕，旬日益甚，醫藥無及。裴君方求道術士，用〔四〕呵禁之，冀瘳其苦〔五〕。

〔一〕『姿貌』，《宣室志》《太平廣記》作『風貌』。
〔二〕『愛之』，《太平廣記》作『念之』。
〔三〕『後病』，《宣室志》作『忽被病』，《太平廣記》作『後被病』。
〔四〕『用』，《宣室志》作『爲』。
〔五〕『其苦』，《宣室志》作『其疾』。

有叩門者，自稱高氏子〔一〕，以符術爲業。裴即延入，令視其子。生曰：『此子非他疾，乃妖狐所爲耳。然某有術，能愈之。』即謝而祈焉。生遂以符術拷召〔二〕，近〔三〕食頃，其子忽起，曰：『某病今愈。』裴君大喜，謂高生爲真術士。具〔四〕食飲，已而，厚贈繒帛，謝遣之。生曰：『自此當日日〔五〕來候耳。』遂去。其子他疾雖愈，而〔六〕神魂不足，往往狂語，或笑哭，不可禁。高生每至，裴君即以此祈之。生〔七〕曰：『此子精魄已爲妖魅所繫〔八〕，今尚未還耳。不旬日，當間，無以憂爲〔九〕。』裴信之。

〔一〕『高氏子』，上海圖書館藏《狐媚叢談》『子』字脱落，據《宣室志》《太平廣記》，及日本藏《狐媚叢談》補。

〔二〕『拷召』，《宣室志》《太平廣記》作『考召』，日本内閣文庫本作『拷召』。

〔三〕『近』，《宣室志》作『僅』。

〔四〕『具』，《宣室志》作『且』。

〔五〕『日日』，《宣室志》作『日夕』。

〔六〕『而』，《宣室志》作『而常』。

〔七〕『生』，《宣室志》作『高生』。

〔八〕『繫』，《宣室志》作『奪』。

〔九〕『無以憂爲』，《宣室志》作『幸無以憂』。

居數日，又有王生者，自言有神術〔一〕，能以呵禁，去妖魅疾，來謁，裴與語，謂裴曰：『聞君愛子被病，且未瘳，願得一見矣。』裴即使見其子，生大驚曰：『此郎君病狐也。不速治，當加甚耳。』裴君因話高生，王笑曰：『安知高生不爲狐？』乃坐，方設席爲呵禁，高生忽至，既入，大駡，曰：『奈何此子病愈，而乃延一狐於室内耶？即爲病者耳。』王見高來，又駡曰：『果然，妖狐今果至，安用爲他術考召哉？』二人紛然，相詬辱不已。裴家方大駭異，忽有一道士至門，私謂家僮曰：『聞裴公有子病狐，吾善視鬼，汝但告〔二〕請入謁。』家僮馳白，裴君出，話〔三〕其事，道士曰：『易與〔四〕耳。』入見二人，二人又詬〔五〕曰：『此亦妖狐，安得爲道士惑人？』道士亦駡之曰：『狐當還〔六〕郊野墟墓中，何爲撓人乎？』既而閉户相鬭毆。數食頃，裴

〔一〕『神術』，《宣室志》《太平廣記》作『神符』。
〔二〕『告』，《宣室志》作『爲』。
〔三〕『話』，《宣室志》作『具話』。
〔四〕『與』，《宣室志》《太平廣記》作『愈』。
〔五〕『詬』，《宣室志》作『語』。
〔六〕『還』，《宣室志》作『處』。

君益恐。其家僮惶惑，計無所出。

及暮，闃然不聞聲。開視〔一〕三狐皆仆地〔二〕而喘，不能動〔三〕矣，裴君盡鞭殺之。其子後〔四〕旬月方愈。

【按】本篇出《宣室志》卷一〇。《太平廣記》卷四五三《裴少尹》、《廣艷異編》卷二九《裴氏狐》等載之。

〔一〕『開視』，《宣室志》作『開户視之』。

〔二〕『皆仆地』，《宣室志》作『卧地』。

〔三〕『不能動』，《宣室志》作『不動摇』。

〔四〕『其子後』，《宣室志》作『後其子』。

卷　四

王知古贅狐被逐

唐咸通中〔一〕，盧龍節度使、檢校尚書左僕射張直方抗表，請修入覲之禮，優詔允焉。先是，張氏世蒞燕土，燕民〔二〕亦世服其恩，禮燕臺之嘉賓，撫易水之壯士，地沃兵庶，朝廷每姑息之。洎直方之嗣事也，出綺紈之中，據方嶽之上，未嘗以民間休戚爲意，而酣酒於室，淫獸於原，巨賞狎於皮冠，厚寵襲於緑幘。暮年而三軍大怨，直方稍不自安。左右有爲其計者，乃盡室西上。至京，懿宗授之左武衛大將軍，而直方

〔一〕『唐咸通中』，《三水小牘》作『咸通庚寅歲』，《太平廣記》作『唐咸通庚寅歲』。
〔二〕『燕民』，《三水小牘》作『民』。

飛蒼走黃，莫親徼道之職。往往設罝罘〔一〕於通道，則犬彘無遺，臧獲有不如意者，立殺之。或曰：『輦轂之下，不可專戮。』其母曰：『尚有尊於我子者耶？』其〔二〕僭軼可知也。於是，諫官列狀上，請收付廷尉，天子不忍置於法，乃降爲燕王府司馬，俾分務洛師焉。直方至東都，既不自新，而慢遊愈極。洛陽四旁，翥者、攫者〔三〕見皆識之，必群噪長嗥而去。

有王知古者，東諸侯之貢士也，雖博涉〔四〕儒術，而數奇〔五〕不中春官選，乃退處於山川之上，以擊鞠、飛觴爲事，遨遊於南鄰北里間。至是，有介紹〔六〕於直方者，直方延之，睹其利喙贍辭，不覺前席，自是日相狎。壬辰歲冬十一月，知古嘗晨興，則僦

〔一〕『罝罘』，《三水小牘》作『罘罝』，誤。
〔二〕『其』，《三水小牘》作『則』。
〔三〕『翥者、攫者』，《三水小牘》作『翥者、攫者、走者』。
〔四〕『博涉』，《太平廣記》《三水小牘》作『薄涉』。據下文對答之辭，當爲『博涉』。
〔五〕『數奇』，《三水小牘》作『素』。
〔六〕『介紹』，《太平廣記》《三水小牘》本作『紹介』。

舍無烟，愁雲塞望，悄然弗怡，乃徒步造直方第。至則直方急趨，將出獵〔一〕也，謂知古曰：『能相從乎？』而知古以祁寒有難色，直方顧小僮〔二〕曰：『取短皂袍來。』請知古衣之，知古乃上加麻衣焉，遂聯轡而〔三〕。出長夏門，則微霰初零，由闕塞而密雪如注。乃渡伊水而東南，踐萬安山之陰麓，而鞲弋之獲甚夥。傾羽觴，燒兔肩，殊不覺有嚴寒意。及霰〔四〕開雪霽，日將夕焉。忽有封狐突起於知古馬首，乘酒馳之數里，不能及，又與獵徒相失。須臾，雀噪烟暝，莫知所之〔五〕。隱隱聞洛城暮鐘，但彷徨於樵徑古陌〔六〕之上。俄而山川暗然，若一鼓將半。長望間〔七〕，有炬火甚明，乃依積雪光而赴之。復若十餘里，至則喬木交柯，而朱門中開，皓壁橫亘，真北闕之甲第也。知

〔一〕『出獵』，《太平廣記》《三水小牘》本作『出畋』。
〔二〕『小僮』，《三水小牘》作『小童』。
〔三〕『聯轡而』，《太平廣記》《三水小牘》本作『聯轡而去』。本條當脱『去』字。
〔四〕『霰』，《三水小牘》《古今説海》本作『霞』。
〔五〕『所之』，《三水小牘》《古今説海》《太平廣記》作『所如』。
〔六〕『樵徑古陌』，《三水小牘》作『古陌樵徑』。
〔七〕『長望間』，《三水小牘》《古今説海》作『試長望』。

古及門下馬，將徙倚以待旦。

無何，小駟頓轡，閽者覺之，隔闔〔一〕而問：『阿誰？』知古曰〔二〕：『成周貢士太原王知古也。今旦有友人將歸於崆峒舊隱者，僕餞之伊水濱，不勝離觴。既摻袂馬逸，復不能止，失道至此耳。遲明將去，幸毋〔三〕見讓。』閽者曰：『此乃劍南副使〔四〕崔中丞之莊也。主父近承天書，赴闕，郎君復隨計吏西征，此唯閨闈中人耳，豈可少淹〔五〕乎？某不敢去留，請聞〔六〕於內。』知古雖怵惕不寧，自度中宵矣，去將安適？乃拱立以俟〔七〕。少頃，有秉密炬〔八〕，自內至者，振管闢扉，引保母出。知古前拜，

〔一〕『隔闔』，《三水小牘》作『隔壁』。
〔二〕『曰』，《三水小牘》《太平廣記》作『應曰』。
〔三〕『幸毋』，《三水小牘》作『幸無』。
〔四〕『此乃劍南副使』，《太平廣記》《三水小牘》作『此南海副使』。
〔五〕『少淹』，《三水小牘》作『淹久』。
〔六〕『聞』，《三水小牘》作『問』。
〔七〕『俟』，《三水小牘》作『次』。
〔八〕『密炬』，《太平廣記》《古今説海》《三水小牘》作『蜜燭』，當是。

仍述〔一〕厥由。母曰：『夫人傳語，主與小子，皆不在家，於礼無延客之道。然僻居與山藪接畛，豺狼所嘷，若固相拒，是見溺而不援也。請舍外廳，翌日可去。』知古辭謝，從保母而入，過重門側廳所，欒櫨宏敞，帷幕鮮華。張銀燈，設綺席，命知古坐焉。酒三行，復陳方丈之饌；豹胎魴腴，窮水陸之珍〔二〕，保母亦時來相勉。食畢，保母復問知古世嗣、官秩〔三〕及内外姻黨，知古具言之。乃曰：『秀才軒裳令胄，金玉奇標，既富春秋，又潔操履，斯實淑媛之賢夫也。小君以鍾愛稚女，將及笄年，常託媒妁爲求佳對久矣。今夕何夕，獲遘良人，潘楊之睦可遵，鳳凰之兆斯在。未知雅抱何如耳？』知古斂容曰：『僕文愧金聲，才非玉潤；豈室家〔四〕爲望，唯泥塗是憂。不謂寵及迷津，慶逢子夜，聆清音〔五〕於魯館，逼佳氣於秦臺。二客遊神，方

〔一〕『述』，上海圖書館藏《狐媚叢談》墨筆補寫。

〔二〕『珍』，《太平廣記》《古今説海》《三水小牘》本作『美』。

〔三〕『官秩』，《三水小牘》作『宦族』。

〔四〕『家』，上海圖書館藏《狐媚叢談》挖去，由墨筆補寫『家』字。

〔五〕『清音』，《古今説海》《三水小牘》作『好音』。

茲莫計；三星委照，唯恐不揚。儻獲托彼疆宗，睠〔一〕以嘉偶，則平生所志，畢在斯乎？』保母喜，謔浪而入白。復出，致小君之命曰：『兒幼〔二〕移天崔門，實秉懿範；奉蘋蘩之敬，如琴瑟之和。唯以稚女是懷，思配君子；既辱高義，乃葉夙心。上京飛書，路且不遥，百兩成禮，事亦非僭。忻慰孔多，傾矚而已。』知古罄折而答曰：『某，蟲沙微類，分及湮淪，而鐘鼎高門，忽蒙採拾。有如白水，以奉清塵；鶴企鳧趨，唯待休旨。』知古復拜，保母戲曰：『他日錦雉之衣欲解，青鸞之匣全開，貌如月華，室若雲邃，此際頗相念否？』知古謝曰：『以凡近仙，自地登漢；不有所舉，孰能自媒？謹當銘彼襟靈，志之紳帶，期於没齒，佩以周旋。』復拜。時〔三〕則燎沉當庭，良夜當艾，保母請知古脱服以休。既解䕸衣而皂袍見，保母曰〔四〕：『豈有縫掖之士，而服短役之衣耶？』知古謝曰：『此乃假之契與所遊熟者，

〔一〕『睠』，《三水小牘》作『眷』。
〔二〕『幼』，《太平廣記》《古今説海》《三水小牘》作『自』。
〔三〕『時』，《古今説海》《三水小牘》作『少時』。
〔四〕『曰』，《太平廣記》《古今説海》《三水小牘》作『誚曰』。

固非己有。』又問所從，答曰：『乃盧龍張直方僕射所借耳。』保母忽驚叫仆地，色如死灰。既起，不顧而走入宅。遥聞大呼曰：『夫人差事，宿客乃張直方之徒也！』復聞夫人者叱〔一〕曰：『火急逐出〔二〕，無啓寇讐！』於是，婢子、小豎輩群出，秉猛炬，曳白棓而登階。知古倨儴走於〔三〕庭中，四顧逃謝，詈言狎至，僅得出門。纔出，已横關闔扉，猶聞諠譁不已〔四〕。知古愕立道左，自歎〔五〕久之。將隱頹垣，乃得馬於其下，遂馳去。遥望大火若燎原者，乃縱轡赴之，至則輪租車，方飯牛附火耳。詢其所，則伊水東草店之南也。復枕轡假寐，食頃，而震方洞然，心思稍安，乃揚鞭於大道。比及都門，已有直方騎數輩來跡矣。

〔一〕『叱』，《古今説海》《三水小牘》作『叫』。
〔二〕『逐出』，《古今説海》《三水小牘》作『斥出』。
〔三〕『走於』，《三水小牘》作『趠於』。
〔四〕『不已』，《太平廣記》《古今説海》《三水小牘》作『未已』。
〔五〕『自歎』，《太平廣記》《古今説海》《三水小牘》作『自怛』。

趨至〔一〕其第，既見直方，而知古憤懣不能言。直方慰之，坐定，知古乃述宵中怪事。直方起而撫髀曰：『山魑、木魅，亦知人間有張直方耶？』且止知古。復益其徒數十人，皆射皮飲胄〔二〕者，享以卮酒豚肩，與知古復南出。既至萬安之北，知古前導，殘雪中馬跡宛然。直詣柏林下，至則碑板廢於荒坎，樵蘇殘於密林。中列大塚十餘，皆狐兔之窟穴，其下曳蹊〔三〕。於是，直方命四周張羅，彀弓以待；内則束緼荷鍤，且掘且燻。少頃，群狐突出，燋頭爛額者、罥羅〔四〕、應弦飲羽者，凡獲狐大小百餘頭，以其尸歸之水〔五〕。

【按】本篇出《三水小牘》卷上。《太平廣記》卷四五五《張直方》、《古今説海》卷四三《洛京獵記》、《廣艷異編》卷二九《王知古》、《文苑楂橘》卷下《張直方》等載之，《順天府志》卷一二八節録其事。

〔一〕『趨至』，《太平廣記》《古今説海》《三水小牘》作『遥至』。
〔二〕『飲胄』，《太平廣記》《古今説海》《三水小牘》作『飲羽』。
〔三〕『曳蹊』，《太平廣記》《古今説海》《三水小牘》作『成蹊』。
〔四〕『罥羅』，談愷本《太平廣記》作『罥掛者』，《古今説海》《三水小牘》《太平廣記》作『羅罥掛者』。
〔五〕『以其尸歸之水』，《三水小牘》本之後尚有一段文字，『之水』，當爲『三水』之誤。

狐變爲奴

道士張謹[一]好符法，學雖苦而無成。嘗客遊至華陰市，見賣瓜者，買而食之。旁有老父，謹覺其飢色，取以遺之，纍食百餘，謹知其異，奉之愈敬。將去，謂謹曰：『吾，土地之神也，感子之意，有以相報。』因出一編書，曰：『此禁狐魅之術也，宜勤行之。』謹受之，父亦不見。

爾日宿近縣村中，聞其家有女子啼呼，狀若狂者。以問主人，對曰：『家有女，近得狂疾，每日[二]輒靚妝盛服，云「召胡郎來」。非不療理，無如之何也。』謹即爲書符，施簷户間。是日晚[三]，聞[四]簷上哭泣且駡曰：『何物道士，預他人家事，宜急去

[一]『道士張謹』，談愷本、四庫本《太平廣記》、《稽神録》作『道士張謹者』。
[二]『每日』，《太平廣記》《稽神録》作『每日昃』。
[三]『是日晚』，《太平廣記》《稽神録》作『是日晚間』。
[四]『聞』，各本均無此字。

之！』謹怒呵之。良久，大言曰：『吾且爲奴矣〔一〕。』遂寂然。謹復書數符，病即都瘥。主人遺絹數十匹以謝之。

謹嘗獨行，既有重齎，須得傔力。停數日，忽有二奴詣〔二〕謹，自稱曰『德兒』『歸寶』：『嘗事崔氏，崔出官，因見捨棄。今無歸矣，願侍左右。』謹納之，二奴皆謹願黠利，尤可憑信。謹東行，凡書囊、符法、行李、衣服，皆付寶負，負之將及關，寶忽大罵曰：『以我爲奴，如役汝父！』因絶走。謹駭怒逐之，其行如風，倏忽不見。既而，德兒亦不見，所齎之物皆失之矣。時秦隴用兵，關禁嚴急，客行無驗，皆見刑戮。既不敢東渡〔三〕，復還主人，具以告之，主人怒曰：『寧有是事？是無厭，復將撓我耳！』因止於田夫之家，絶不供給。遂爲耕夫，邀與同作，晝耕夜息，疲苦備至。因憩大樹下，仰見二兒，曰：『吾德兒、歸寶也。汝之爲奴，苦否？』又曰：『此符法，我之書也。失之已久，今喜再獲。吾豈無情於汝乎？』因擲行李，還之，曰：

〔一〕『矣』，野竹齋沈氏鈔本《太平廣記》作『去』。
〔二〕『詣』，談愷本、四庫本《太平廣記》《稽神録》作『請』。
〔三〕『東渡』《古今説海》《三水小牘》《太平廣記》作『東度』。

『速歸，鄉人待爾書符也。』即大笑而去。謹得行李，復詣主人，方異之，更遺絹數匹，乃得去。自爾，遂絶書符矣。

【按】本篇《太平廣記》卷四五五《張謹》，注出《稽神録》，《容齋四筆》卷一〇、《陝西通志》卷一〇〇等載録其事。

民婦殺狐

鄉民〔一〕有居近山林，民婦嘗獨出於林中，則有一狐，忻然摇尾，數步循優於婦側，或前或後，莫能遣之，如是者爲常。或聞丈夫至，則遠之，弦弧不能及矣。忽一日，婦與姑同入山掇蔬，狐潛〔二〕逐之。婦姑於叢間，稍相遠，狐即出草中，摇尾而前，忻忻然如家犬。婦乃誘之而前，以裙〔三〕裹之，呼其姑，共擊，舁而還家。鄰里競來觀之，則瞑

〔一〕『鄉民』，此前《玉堂閒話》《太平廣記》有『《世説》云：「狐能魅人。」恐不虚矣』句。

〔二〕『狐潛』，《玉堂閒話》《太平廣記》作『狐亦潛』。

〔三〕『裙』，《玉堂閒話》《太平廣記》作『裙裾』。

其雙目，如有羞赧之狀，因斃之。此雖有魅人之異，而未能變。任氏之説，豈虚也哉！

【按】本篇《太平廣記》卷四五五《民婦》，注出《玉堂閒話》。

狐醉被殺

尹瑗者，嘗舉進士不第，爲太陽晉原尉〔一〕。既罷秩，退居郊野，以文墨自適。忽一日，有白衣丈夫來謁，自稱『吴興朱氏子』：『早歲嗜學，竊聞明公以文業自負〔二〕，願質疑於執事，無見拒。』瑗即延入與語〔三〕，且徵其説，云：『家僑嵐川，早歲與御史王君皆至北門，今者寓跡於王氏别業纍年。』自此，每四日輒一來，甚敏辯縱横，詞意典雅，瑗深愛之。因〔四〕謂曰：『吾子機辯玄奥，可以從郡國之遊，爲公侯高客，何乃自取沉滯，隱跡叢莽？』生曰：『余非不願謁公侯，且懼旦夕有不虞之禍。』瑗

〔一〕『太陽晉原尉』，談愷本《太平廣記》同，《宣室志》、四庫本《太平廣記》作『晉陽普原尉』。

〔二〕『竊聞明公以文業自負』，《宣室志》作『聞明公以文學自負』。

〔三〕『與語』，《宣室志》作『與之語』。

〔四〕『因』，《宣室志》作『瑗因』。

曰：『何爲發不祥之言乎？』朱[一]曰：『某自今歲來，夢卜有窮盡之兆。』瑗即以辭慰諭之，朱生頗有愧色[二]。後至重陽日，有人以濃醞一瓶遺瑗，朱生亦至，因以酒飲之。初辭以疾，不敢飲，已而又曰：『佳節相遇，豈敢不盡主人之歡耶？』引滿[三]而飲。食頃，大醉，告去，未行數十步，忽仆於地，化爲一老狐，酩酊不能動矣。瑗即殺之。因訪王御史別墅，有老農謂瑗曰：『王御史并之裨將，往歲戍於嵐川，爲狐媚病而卒，已纍年矣，墓於村北數十步。』即命家僮尋御史墓，果有穴。瑗後爲御史，竊話其事，時唐太和初也。

【按】本篇《太平廣記》卷四五四《尹瑗》，注出《宣室志》。

老狐娶婦

唐長安昝規，因喪母，又遭火焚其家産，遂貧乏委地。兒女六人盡孩幼，

[一]『朱』，《宣室志》作『生』。
[二]『朱生頗有愧色』，談愷本《太平廣記》、四庫本《太平廣記》、《宣室志》本作『生頗有愧生』，誤。
[三]『引滿』《宣室志》作『即引滿』。

規無計撫養。其妻謂規曰：『今日貧窮如此，相聚受餓寒，存活終無路也。我欲自賣身，與人求財，以濟君及我兒女，如何？』規曰：『我偶喪財産，今日窮厄失計，教爾如此，我實不忍。』妻再言曰：『若不如此，必盡飢凍死。』規方允〔一〕。

後一日〔二〕，有老父詣門〔三〕，規延入。言及兒女飢凍，妻欲自賣之意。老父傷念良久，乃謂規曰：『我纍世家實，住藍田下。適聞人説君家妻意，今又見君言。我今欲買君妻，奉錢十萬。』規與妻皆許之。老父翌日送錢十萬，便挈規妻去，仍謂規曰：『或兒女思母之時，但携至山下訪我，當得〔四〕相見。』經三載後，兒女皆死，又貧乏，規乃乞食於長安。忽一日，思老父言，因往藍田下訪之。俄見一野寺，門宇華麗，狀若貴人宅。守門者詰之，老父命規入。設食，兼出其妻，與規相見。其妻聞兒女皆死，

〔一〕『規方允』，《太平廣記》作『規方允之』。
〔二〕『后一日』，《太平廣記》作『數日』。
〔三〕『詣門』，《太平廣記》作『及門』。
〔四〕『當得』，《太平廣記》作『當令』。

大號泣，遂氣絶。老父〔一〕驚走入，且大怒，擬謀害規，規亦怯懼走出，廻顧，已失宅所在，見其妻死於古塚前，其塚旁有穴。規乃下山倩人發塚〔二〕，見一老狐走出，始知其妻爲老狐所買耳。

【按】本篇《太平廣記》卷四五五《昝規》，注出《奇事記》。《（雍正）陝西通志》卷一〇〇録其事。

白毳老狐

魯獵者，能以計得狐。設竹穽於茂林，縛鴿於穽中〔三〕，而敞其户。獵者纍樹葉爲衣，棲於樹，以索繫機。俟狐入取鴿，輒引索閉穽，遂得狐。一夕，月微明〔四〕，有老

〔一〕『老父』，《太平廣記》作『其老父』。
〔二〕『下山倩人發塚』，《太平廣記》作『自山下共發塚』。
〔三〕『縛鴿於穽中』，《篷窗類紀》作『縛鴿穽中』。
〔四〕『月微明』，《篷窗類紀》作『月微朗』。

翁幅巾縞裳，支一筇，傴僂而來，且行且詈，曰：『何讐而掩取我子孫殆盡也！』獵初以爲人，至穽所，徘徊久之。月墮〔二〕而暝，乃亦入取鴿，亟引索閉穽，則一白毳老狐也。世言狐能幻人，信哉！

【按】本篇出《篷窗類紀》卷五，《鴿經》載之。

狐鳴於旁

李密〔三〕建號登壇，疾風鼓其衣，幾仆。及即位，狐鳴於旁，惡之。及將敗，數日〔三〕回風發於地，激砂礫，上屬天，白日爲晦。屯營群鼠相啣走〔四〕西北，度洛，經月不絶。

〔二〕『墮』，《篷窗類紀》作『隨』。
〔三〕『李密』，《新唐書》作『初，李密』。
〔三〕『數日』，《新唐書》《弘簡録》《資治通鑒補》作『鞏數有』。
〔四〕『相啣走』，《新唐書》作『相銜尾』。

【按】本篇出《新唐書》卷八四《李密本傳》。《弘簡録》卷七〇、《資治通鑒補》卷一八五并引其事。

狐入李承嘉第

神龍初，有群狐入御史大夫李承嘉第，其堂無故壞。又秉筆而管直裂，易之又裂。

【按】本篇出《新唐書》卷三四《五行志》，《白孔六帖》卷九〇、《文獻通考》卷三〇七《物異考》一三并引。

狐人立

李揆方盛暑夜寢於堂之前軒，而空其中堂，爲晝日避暑之所。於一夜，忽有巨狐，嗚噪於庭，乃狐人立跳躍，目光迸射，久之，逾垣而去。揆甚惡之。將曉，揆入朝，其日拜相。

【按】本篇《太平廣記》卷一三七《李揆》，注出《異苑》，節略成文，《白孔六帖》卷九〇、《山堂肆考》卷二一九引。

白狐七尾

咸寧二年，有白狐七尾，見汝南。

【按】本篇《白氏六帖》卷九七《七尾》，注出《晉録》，《淵鑒類函》卷四三一、《格致鏡原》卷八八等載録。

夜狐狸鳴

長安自石門之奔，宫殿焚圮。及岐人再逆火，閭里皆盡。宫城昏夜，狐狸鳴啼，無人跡。

【按】本篇出《新唐書》卷二一八《沙陀本傳》，《白孔六帖》卷九七、《（雍正）陝西通志》

卷九九引其文。

王璿娶狐

唐宋州刺史王璿[一]，少時儀貌甚美，爲牝狐所媚。家人或有見者，丰姿[二]端麗，雖僮幼遇之者，必斂容致敬。自稱『新婦』，抵對[三]皆有理，由是人樂見之。每至端午及佳節，悉有贈儀相送，云：『新婦上某郎某婦[四]續命。』衆人笑之，然所得甚多。後璿[五]位高，狐乃不至。盖其[六]禄重，不能爲怪。

【按】本篇《太平廣記》卷四五一《王璿》，注出《廣異記》。《廣異記》卷一二、《歲時廣記》

〔一〕『王璿』，《廣異記》作『王某』。
〔二〕『丰姿』，《歲時廣記》作『風姿』。
〔三〕『抵對』，《廣異記》作『祇對』，《歲時廣記》作『答對』。
〔四〕『某婦』，《歲時廣記》作『某娘』。
〔五〕『璿』，《廣異記》作『某』。
〔六〕『其』，《廣異記》作『某』。

卷二三《溺狐媚》等載録。

狐能飛形

太和〔一〕中，有處士姚坤，不求聞達，常以漁釣自適。居於東洛萬安山南，以琴樽〔二〕自怡。居側〔三〕有獵人，常以網取狐兔爲業。坤性仁，恒收贖而放之，如此活者數百。坤舊有莊，賣〔四〕於嵩嶺菩提寺，坤持其價而贖之。其買莊僧〔五〕惠沼行兇，率常於閴處，鑿井深數丈，投以黄精數百斤，求人試服，觀其變化。乃飲坤，大醉，投於井中，以磑石咽其井。坤及醒，無計躍出，但饑茹黄精而已。

〔一〕『太和』，談愷本《太平廣記》同，四庫本《太平廣記》作『大和』。
〔二〕『琴樽』，《太平廣記》作『琴尊』。
〔三〕『居側』，《太平廣記》作『其側』。
〔四〕『賣』，《太平廣記》作『質』。
〔五〕『買莊僧』，《太平廣記》作『知莊僧』。

如此數日夜，忽有人於井口召坤姓名，謂曰：『我，狐也。感君活我子孫不少，故來教君。我，狐之通天者。初穴於塚，因上竅，乃窺天漢星辰，有所慕焉，恨身不能奮飛，遂凝注神〔一〕，忽然不覺飛出，躡虚駕雲，登天漢，見仙官而礼之。君但能澄神泯慮，注盻玄虚，如此精確，不三旬而自飛出。雖竅之至微，無所礙矣。』坤曰：『汝何據耶？』狐曰：『君不聞《西昇經》云：「神能飛形，亦能移山。」君其努力〔二〕！』言訖而去。坤信其說，依而行之。約一月，忽能跳出於磑孔中。遂見僧，大駭，視其井依然。僧禮坤，詰其妙〔三〕。坤告曰：『某無爲，但於中有黄精餌之，漸覺身輕，浮颺其中，如處寥廓，雖欲安居，不能禁止。偶爾昇騰，竅所不礙。特黄精之妙如此，他無所知。〔四〕』僧然之，諸弟子以索墜下，約以一月後〔五〕來窺。弟子如其

〔一〕『凝注神』，《太平廣記》作『凝盻注神』。
〔二〕『努力』，《太平廣記》作『努力』。
〔三〕『妙』，《太平廣記》作『事』。
〔四〕本句，《太平廣記》作『但於中餌黄精一月，身輕如神，自能飛出，竅所不礙』。
〔五〕『約以一月後』，《太平廣記》作『約弟子一月後』。

言，月餘往〔一〕窺，師〔二〕已斃於中〔三〕矣。

坤歸旬日，有女子自稱『夭桃』詣坤，云：『是富家女，誤爲少年誘出，失蹤，不可復返，願持箕帚。』坤納之〔四〕。妖麗冶容，至於篇什等札〔五〕，俱能精至，坤亦愛〔六〕之。後坤應制，挈夭桃入京。至盤頭館〔七〕，夭桃不樂，取筆題竹簡爲詩曰〔八〕：『鉛華久御向人間，欲捨鉛華更慘顔。縱有青丘今夜月，無因重照舊雲鬟。』吟風久之，坤亦矍然。忽有曹牧，遣人執良犬，將獻裴度。入館，犬見夭桃，怒目掣額〔九〕，躑步上階，

〔一〕『往』，《太平廣記》作『來』。

〔二〕『師』，《太平廣記》作『僧』。

〔三〕『中』，《太平廣記》作『井』。

〔四〕『坤納之』，《太平廣記》作『坤見之』。

〔五〕『篇什等札』，談愷本《太平廣記》同，沈氏鈔本作『篇什書札』、四庫本《太平廣記》作『篇什等體』。

〔六〕『愛』，《太平廣記》作『念』。

〔七〕『盤頭館』，《太平廣記》作『盤豆館』，當是。盤豆館，位於河南靈寶境内。相傳漢武帝過此，父老以牙盤獻豆而得名。

〔八〕『爲詩曰』，《太平廣記》作『爲詩一首曰』。

〔九〕『額』，《太平廣記》作『鎖』。

夭桃即〔二〕化爲狐，跳上犬首〔三〕，抉其視〔三〕。犬驚，騰號出館，望荊山而竄。坤大駭，逐之，行數里，犬已斃，狐即不知所之。坤惆悵悲惜，盡日不能前進。及夜，有老人挈美醖詣坤，云：『是舊相識。』既飲，坤終莫能達相識之由。老人飲罷，長揖而去，云：『報君亦足矣，吾孫亦無恙。』遂倏不見〔四〕，坤方悟狐也。後寂無聞焉。

【按】本篇《太平廣記》卷四五四，題『姚坤』，注出《傳記》，誤，當爲《傳奇》。《艷異編》卷三四題『姚坤』，《物猶如此》『通慧鑒第十四・天狐指竅』等載録，《萬首唐人絶句》卷六六、《全唐詩》卷八六七等引其詩。

狐化髑髏爲酒卮

杜陵韋氏子，家於韓城，有別墅，在邑北十餘里。開成十年秋，自邑中遊焉。日

〔二〕『即』，《太平廣記》作『亦』。
〔三〕『犬首』，《太平廣記》作『犬背』。
〔三〕『視』，《太平廣記》作『目』。
〔四〕『遂倏不見』，《太平廣記》作『遂不見』。

暮，見一婦人素衣，挈一瓢，自北而來，謂韋曰：『妾居邑北里中，有年矣。家甚貧，今爲里胥所辱，將訟於官。幸吾子紙筆書其事，妾得執〔一〕詣邑〔二〕，冀雪其恥。』韋諾之。婦人即揖座田野〔三〕，衣中出一酒卮，曰：『瓢中有酒，願與吾子盡醉。』於是，注酒一飲韋。韋方舉卮，會有獵騎，從西來，引數犬，婦人望見，即東走數十步，化爲一狐〔四〕。韋大恐，視手中卮，乃一髑髏，酒若牛溺之狀。韋因病熱，月餘方疹〔五〕。

【按】本篇《太平廣記》卷四五四《韋氏子》，注出《宣室志》，《陝西通志》卷一〇〇引其文。

狐龍

驪山下有一白狐，驚撓山下人，不能去除。唐乾符中，忽一日，突温泉自浴。須

〔一〕『得持』，《太平廣記》作『得以執』。
〔二〕『邑』，《宣室志》作『邑長』。
〔三〕『揖座田野』，《太平廣記》作『揖韋坐田野』。
〔四〕『一狐』，《宣室志》作『少狐』。
〔五〕『疹』，《宣室志》《太平廣記》作『瘳』，當是。

臾之間，雲蒸霧湧，狂風大作〔一〕，化一白龍，昇天而去。後或陰暗，往往有人見白龍飛騰山畔，如此三年。忽有一老父，每臨夜，即哭於山前。數日，人乃伺而問其故，老父曰：『我狐龍死，故哭爾。』人問之：『何以名狐龍？老父又何哭也？』老父曰：『狐龍者，自狐而成龍，三年而死。我，狐龍之子也。』人又問曰：『狐何能化爲龍？』老父曰：『此狐也，禀西方之正氣而生，胡〔二〕白色，不與衆遊，不與近處。狐託於驪山下千餘年，後偶合於雌龍。上天知之，遂命爲龍，亦猶人間自凡而成聖耳。』言訖而滅。

【按】本篇《太平廣記》卷四五五《狐龍》，注出《奇事記》。《格致鏡原》卷八八、《陝西通志》卷一〇〇引其文，《（乾隆）西安府志》卷九九録其事，注出《夷堅志》，誤。

唐文選牒城隍誅狐

乾州唐文選，好爲大言，鄉人號曰『唐大冒』。有狐，擾民家，徵索酒食，少緩，

〔一〕『大作』，《太平廣記》作『大起』。
〔二〕『胡』，談愷本、四庫本《太平廣記》作『故』。

立致污穢。文選偶經其門，大言云：『妖誠無狀，必不敢近我。』及歸，狐已在舍，呼文選云：『若言吾畏汝，今欲相擾矣。』自是留其家，爲患益甚。文選無如之何。州城下故多狐窟，有傍城居者，夜見兩人立女墻間，長可二尺，着褐，衣蒲，履布襪，相與携手語曰：『巨耐〔一〕唐文選！吾輩自求食，何關彼事？而敢妄言。今必撓亂其家，令其至死乃已。』及旦，其人以告問選，即〔二〕具牒，投之城隍廟，言：『神爲一方主，乞爲民除害。』已而，家中魅言稍含糊。城下人又見前兩人，云：『吾於彼無大仇，乃訴於城隍，剜去吾舌，今痛不可忍，奈何？』因復以告文選。文選仍牒請行誅，以絶妖患。明日，有二狐死城下，其家遂安。

【按】本篇出《説聽》卷三。

狐媚汪氏

甪直徐翁子婦汪氏，美而艷。夜有少年來與狎，家人知爲怪，而議袪之。或言當

〔一〕『巨耐』，《説聽》作『叵耐』，當是。
〔二〕『即』，《説聽》作『文選即』。

召將，或言枕《周易》。忽見庋上豎一白牌，書云：『枕《易》召將皆不畏，汪有姿色偏愛他。』字甚遒美，倏忽滅跡。是後，翁爲具召客，酒間，衆問：『何爲不樂？』翁以實告。有笑者曰：『彼但逞於私室，敢人前作怪耶？』語未竟，墜一巨石，震撼棟宇，坐驚散。翁無可奈何，使婦歸寧。他日閒坐，見物若有尾者，從身旁跳躍而去，諦視〔一〕，一狐也〔二〕。翁不久死，怪亦遂絶。

【按】本篇出《説聽》卷四。

狐生九子

唐元和中〔三〕，有許真〔四〕者，家僑〔五〕青、齊間。嘗西遊長安，至陝，與〔六〕陝從事

〔一〕『諦視』，《説聽》作『弗及諦視』。
〔二〕『一狐也』，《説聽》作『爲何物也』。
〔三〕『唐元和中』，《宣室志》作『元和中』。
〔四〕『許真』，《宣室志》作『許貞』，《太平廣記》作『計真』。本篇『真』俱爲『貞』，不一一出校。
〔五〕『家僑』，《宣室志》作『家於』。
〔六〕『與』，《宣室志》作『貞與』。

善〔一〕。是日將告去，從事留飲酒，至暮方與別〔二〕。及行，未十里，遂兀然墮馬，而二僕驅其衣囊前去矣。及真〔三〕醉寤，已曛黑，馬亦先去，因顧道左〔四〕小徑，有馬溺，即往尋之，不覺數里。忽見朱門甚高，槐柳森然。真既亡僕馬〔五〕，悵然，遂叩其門，已扃鍵。有小童出視，真即問曰：『此誰氏居〔六〕？』曰：『李外郎别墅。』真請入謁，僮遽以告之〔七〕。頃之，令人〔八〕請客入，息於賓館。即引入門，其左有賓位，甚清敞，所設屏障，皆古山水及名人畫圖〔九〕、經籍、茵榻之類，率潔而不華。真坐久之，小僮

〔一〕『善』，《宣室志》作『友善』。
〔二〕『方與别』，《宣室志》作『方别』。
〔三〕『真』，《宣室志》作『貞』。
〔四〕『道左』，《太平廣記》作『道佐』，誤。
〔五〕『僕馬』，《宣室志》作『其僕馬』。
〔六〕『此誰氏居』，《宣室志》作『此是誰家』。
〔七〕『告之』，《宣室志》作『告主』。
〔八〕『令人』，《宣室志》作『又令人』。
〔九〕『名人畫圖』，《太平廣記》作『名圖畫』。

出曰：『主君且至。』俄有一丈夫，年約五十，朱紱銀章，儀狀甚偉，與真〔一〕相見，揖讓而坐。真因述〔二〕：『從事〔三〕留飲〔四〕，道中沉醉，不覺曛黑，僕、馬俱失。願寓此一夕，可乎？』李曰：『但慮此卑隘，不可安〔五〕貴客，寧有間耶？』真愧謝之〔六〕。李又曰：『某嘗從事於蜀，尋以疾罷去。今則歸休於是矣。』因與議語〔七〕，甚敏博，真頗慕之〔八〕。又命家僮，訪其〔九〕僕、馬，俄而皆至，即舍之。既而設饌共食〔一〇〕，食竟，

〔一〕『真』，《宣室志》作『生』。
〔二〕『真因述』，《太平廣記》作『生因具述』。
〔三〕『從事』，《宣室志》《太平廣記》作『從事故人』。
〔四〕『留飲』，《宣室志》作『留飲酒』。
〔五〕『安』，《宣室志》作『安止』。
〔六〕『真愧謝之』，《宣室志》作『貞謝之』。
〔七〕『議語』，《宣室志》作『談話』。
〔八〕『真頗慕之』，《宣室志》作『貞愛慕之』。
〔九〕『其』，《宣室志》作『貞』。
〔一〇〕『共食』，《宣室志》作『供食』。

飲酒數杯而寐〔一〕。明日，真晨起告去〔二〕，李曰：『願更得一日侍歡笑。』真感其意〔三〕，即留〔四〕，明日乃別。

及至〔五〕京師，居月餘，有款其門者，自稱獨狐沼〔六〕，真延坐與語，甚聰辯，且謂曰：『某家於陝，昨西來，過李外郎，談君之美不暇。且欲與君爲姻好，故令某奉謁，話此意，君以爲何如？』真喜而諾之。沼曰：『某今還陝。君東歸，當更訪外郎，且謝其意也。』遂別去。後旬月，生還詣外郎別墅，李見真〔七〕大喜。生即話獨狐沼之言，因謝之。李遂留生，十日〔八〕就禮〔九〕。妻色甚姝，且聰敏柔婉。生留旬月，乃挈妻孥歸

〔一〕『寐』，《宣室志》作『散』。
〔二〕『真晨起告去』，《宣室志》作『貞晨起話別』。
〔三〕『真感其意』，《宣室志》作『貞感其勤』。
〔四〕『即留』，《宣室志》作『即留之』。
〔五〕『及至』，《宣室志》作『至』。
〔六〕『獨狐沼』，《宣室志》作『進士獨狐沼』。
〔七〕『真』，《宣室志》作『貞至』。
〔八〕『十日』，《宣室志》《太平廣記》作『卜日』，當是。
〔九〕『就禮』，《宣室志》作『成禮』。

青、齊。自是，李君音耗〔一〕不絶。

生奉道，每晨起，閲《黄庭内景經》。李氏止之〔二〕曰：『君好道，寧如秦皇、漢武乎？求仙之力，又孰若秦皇、漢武乎？彼二人，貴爲天子，富有四海，竭天下之財，以學神仙，尚崩於沙丘，葬於茂陵，况君一布衣，而乃惑於求仙耶？』真叱之，乃終卷〔三〕，意其知道者，亦不疑爲他類也。後歲餘，真挈家，調選至陝郊，李君留其女，而遣生來京師。明年秋，授兖州參軍，李氏隨之官。數年，罷秩，歸齊魯。又十餘年，李有七子二女，才質姿貌，皆居衆人先。而李容色端麗，無殊少年時。生益鍾念之。無何，被疾且甚，生奔走醫巫，無所不至，終不愈。一日，屏人，握真手，嗚咽流涕，自言曰：『妾自知死至，然忍羞以心曲告君，幸君寬宥罪戾〔四〕，使得盡言。』已歔欷〔五〕

〔一〕『音耗』，《宣室志》作『音問』。
〔二〕『止之』，《宣室志》作『嘗止之』。
〔三〕『卷』，《宣室志》作『無倦』。
〔四〕『寬宥罪戾』，《宣室志》作『寬罪宥戾』。
〔五〕『已歔欷』，《宣室志》作『已意悲』。

不自勝，生亦爲之泣，固〔二〕慰之。乃曰：『一言誠自知受責於君，顧九稚子猶在〔三〕，以爲君累，尚敢一發口。妾〔三〕，誠非人間人，天命當與君爲偶〔四〕，得以狐狸殘質，奉箕帚二十年，未嘗纖芥獲罪，權〔五〕以他類，貽君憂。一女子血誠，自謂竭盡。今日永去，不敢以妖幻餘氣託君。念稚弱滿眼，皆世間人，爲嗣續，及某氣盡〔六〕，願少念弱子〔七〕，無以枯骨爲讐，得全肢體，埋之土中，乃百生之賜也。』言終又悲慟，淚百行下。真〔八〕驚恍傷感，咽不能語，相對泣。良久，以被蒙首，轉背而臥〔九〕，食頃無聲。真

〔一〕『固』，《宣室志》作『因』。
〔二〕『猶在』，《宣室志》作『猶在側』。
〔三〕『妾』，《宣室志》作『且妾』。
〔四〕『爲偶』，《宣室志》作『偶』。
〔五〕『權』，《宣室志》作『懼』。
〔六〕『氣盡』，《宣室志》作『氣絶』。
〔七〕『弱子』，《宣室志》作『弱子心』。
〔八〕『真』，《宣室志》作『生』。
〔九〕『轉背而臥』，《宣室志》作『背壁而臥』，各本《太平廣記》作『背壁臥』。

發被視之〔一〕，見一狐死被中。真特感悼，爲之殯殮〔二〕，喪葬之制，盡〔三〕如人禮〔四〕。葬後〔五〕，真特〔六〕至陜，訪李別墅〔七〕，惟〔八〕墟墓荊棘，闃無所見，惆悵〔九〕還家〔一〇〕。居一歲〔一一〕，七子二女，相次而卒，屍骸〔一二〕皆人也，而真亦無恙〔一三〕。

【按】本篇出《宣室志》卷十。《太平廣記》卷四五四《計真》，《艷異編》卷三三録其文，題

〔一〕「視之」，《宣室志》無此。

〔二〕「殯殮」，各本《太平廣記》作「殮」。

〔三〕「盡」，上海圖書館藏《狐媚叢談》脱落，墨筆抄補爲「盡」字，日本藏《狐媚叢談》作「一」，《宣室志》作「皆」。

〔四〕「喪葬之制，一如人禮」，各本《太平廣記》作「葬之，制皆如人」。

〔五〕「葬後」，《宣室志》作「畢」，各本《太平廣記》作「禮訖」。

〔六〕「特」，各本《太平廣記》作「徑」。

〔七〕「訪李別墅」，各本《太平廣記》作「防李氏居」。

〔八〕「惟」，《宣室志》無此字。

〔九〕「惆悵」，上海圖書館藏《狐媚叢談》脱落，墨筆補寫。

〔一〇〕「還家」，《宣室志》作「而還」。

〔一一〕「居一歲」，《宣室志》《太平廣記》作「居歲餘」。

〔一二〕「屍骸」，《宣室志》作「骸骨」。

〔一三〕「而真亦無恙」，《宣室志》作「而貞終不以爲異」，《太平廣記》作「而終無惡心」。

『許貞』。《西湖二集》第二十一卷《假鄰女誕生真子》，據以演爲入話。

狐出勤政樓

乾元二年[一]，詔百官上勤政樓，觀兵[二]赴陝州。有狐出於樓上，獲之。

【按】本篇出《新唐書》卷三五。《白孔六帖》卷九七《出勤政樓》、《文獻通考》卷三一一《物異考一七》、《玉海》卷一六四《唐勤政樓》、《陝西通志》卷四六引其事。

狐奪册子

南陽張簡棲，唐貞元末，在[三]徐、泗間，以放鷹爲事。是日初晴，鷹拏不中[四]，

[一]『二年』，《新唐書》作『二年十月』。
[二]『兵』，《新唐書》作『安西兵』。
[三]『在』，《太平廣記》作『於』。
[四]『鷹拏不中』，《太平廣記》作『鷹擊弩不中』。

騰沖入雲路。簡棲望其蹤，與徒從分頭逐覓。俄至夜，可一更，不覺至一古墟之中。忽有火燭之光，迫而前，乃一塚穴中光明耳。前覘之，見狐憑几讀册子〔一〕。其旁有群鼠，益湯茶，送果粟〔二〕，皆人拱手。簡棲怒呵之，狐驚走，收拾册子，入深黑穴中藏。簡棲以鷹竿挑得一册子，乃歸。至四更，宅外聞人叫索册子聲，出覓，即無所見。至明，皆失所在。自此，夜夜來索不已，簡棲深以爲異，因携册子入郭，欲以示人。往去郭可三四里，忽逢一知己，相揖，問所往。簡棲乃取册子，話狐狀，前人亦驚笑，接得册子，便鞭馬疾去，迴顧簡棲曰：『謝以册子相還。』簡棲逐之轉急，其人變爲狐，馬變爲獐，不可及。迴車入郭，訪此宅，知己原在不出，方知狐來奪之。其册子裝束，一如人者，紙墨亦同，皆狐書，不可識。簡棲猶録得頭邊三數行，以示人〔三〕。

【按】本篇出《太平廣記》卷四五四《張簡棲》。

〔一〕『憑几讀册子』，《太平廣記》作『憑几尋讀册子』。

〔二〕『果粟』，《太平廣記》作『果栗』，當是。

〔三〕『以示人』，後還有叙事，《太平廣記》作『今列於後，缺文』。

狐跨獵犬奔走

貞元末，驍衛將軍薛夔，寓居永寧龍興觀之北。多妖狐，夜則縱横，逢人不忌，夔舉家驚恐，莫知所如。或曰〔一〕：『妖狐最憚獵犬。西鄰李太尉第中，鷹犬頗多，何不假其駿異者，向夕以待之？』夔深以爲然，即詣西鄰子弟，具述其事。李氏喜，開霸〔二〕三犬以付焉。是夕月明，夔縱犬，與家人輩密覘之。見三犬皆被羈靮，三狐跨之，奔走庭中，東西南北，靡不如意。及曉，三犬困殆，寢而不食。纔暝，復爲乘跨，廣庭蹴鞠，犬稍留滯，鞭策備至。夔無奈何，竟徙居〔三〕。

【按】本篇《太平廣記》卷四五四《薛夔》，注出《集異記》。《集異記》、《唐兩京城坊考》卷三《驍衛將軍薛夔宅》等載之。

〔一〕『或曰』，《太平廣記》作『或謂曰』。

〔二〕『開霸』，《太平廣記》作『羈』，日本内閣文庫本作『霸』。

〔三〕『竟徙居』，上海圖書館藏《狐媚叢談》『竟徙』後有以墨筆補『居』字，《太平廣記》作『竟徙焉』，日藏《狐媚叢談》作『竟徙』。

包恢沉狐

包恢，字宏父，爲宋秘圖修撰〔一〕，知隆興府，兼江西轉運。沉妖妓於水，化爲狐，人皆神之。

【按】本篇出《宋史》卷四二一包恢本傳。《宋艷》卷一《端方》、《江西通志》卷八三等載之。

林中書殺狐

林中書彦振攄，氣宇軒昂，有王陵之少戇。罷政，恒〔二〕不得意。寓維揚〔三〕，喪其偶。久之，忽於几筵座上〔四〕，時見形〔五〕，飲食言語，如平生狀，仍决責奴婢甚苦。彦

〔一〕『秘圖修撰』，日本内閣本《狐媚叢談》作『秘圖修撰』，《宋史》作『秘閣修撰』，當是。
〔二〕『罷政，恒』，《鐵圍山叢談》《古今説海》作『罷政事去，恒』。
〔三〕『維揚』，《鐵圍山叢談》《古今説海》作『揚州』。
〔四〕『座上』，《鐵圍山叢談》作『坐上』。
〔五〕『時見形』，《鐵圍山叢談》作『時時見形』。

振徐察非是，乃微伺其蹤，則掘地得一大穴〔二〕，破之，羅捕六七老狐，中一狐尤耄而白，且解人語言，向彥振哀求〔三〕曰：『幸毋見殺，必厚報。』彥振弗顧，悉命殺之，迄無他。

【按】本篇出《鐵圍山叢談》卷三，《古今説海》卷一二五載其事。

狐升御座

政和壬寅，有狐登崇政殿御座。衛士晨起，叱狐，不動，呼衆逐之，至西廊下，不見。即日得旨，壞狐王廟，亦胡犯闕之先兆也。

【按】本篇所記之事，《大宋宣和遺事》利集作：『是時，萬歲山群狐，於宫殿間，陳設器皿對飲，遣兵士逐之，彷徨不去。九月，有狐自艮嶽山直入中禁，據御榻而坐，殿帥遣殿司張山逐之，徘徊不去。徽宗心知其爲不祥之徵，而蔡攸曲爲邪説，稱：「艮嶽有狐王求血食乃爾。」遂下

〔二〕『得一大穴』，《鐵圍山叢談》《古今説海》作『得大穴』。

〔三〕『哀求』，《鐵圍山叢談》《古今説海》作『求哀』。

詔毀狐王廟。』《三朝北盟會編》卷九六《靖康中秩七十一》，於此多有誇飾，其文曰：『初上皇時，一夕夢數胡人請借樂器，覺而怪之。比旦，登景龍門，有司奏萬歲山有群狐十數，張設樂器、杯皿相對而飲，於是乃敕捕之，群狐散走。京師諸草場，皆有狐，其最大而成精者，在州北草場。自國初時，已享封爵，有廟額謂之「狐王廟」，人呼爲「大王」，亦有時見之。其大如驢，毛色純白，見者避路而立，聲喏以奉之也。群小者，則呼爲「郎君」，皆不避人。一日，上皇在萬歲山，見白狐而驚，問左右，左右以草場狐王告。自後，亦常見於禁中。上皇大怒，命出御前鷹犬捕之。繇是，盡出延福宫西城所鷹雕獵犬，以至彈弓弩子之屬，皆往捕之。至於，發掘其窟穴，或薰以毒烟。京師不逞無賴子，亦群聚而相喧騰，數日乃定。凡獲狐數百枚，而狐王不獲。昔秦有「胡亡」之讖，而始皇不知，乃北備胡。今有群狐之妖，而上皇不悟，乃焚狐廟，事頗相類。』《大忠集新編》卷八《正集》八《狐登御座》、《宋史》卷六六、《汴京鳩異記》卷五、《續資治通鑒長編拾補》卷四九等載之。

王賈殺狐

王賈〔一〕，本太原人，移家覃懷，而先人之壟，在於臨汝。少而聰穎，未嘗有過，

〔一〕『王賈』，《太平廣記》作『婺州參軍王賈』。

沉静少言〔二〕。年十七〔三〕，詣京，舉孝廉，果〔三〕擢第，乃娶清河崔氏女。選〔四〕授婺州參軍，還過東都。賈母之表妹，死已經年，常於靈帳發言，處置家事，兒女童妾〔五〕，不敢爲非。每索飲食、衣服，有不應求，即加笞駡，親戚咸怪之。賈曰：『此必妖異。』因造姨宅，唁姨諸子。先是，姨謂諸子曰：『明日，王家外甥來，必莫令進。此小子大罪過人。』賈既至門，不得進。賈令召老蒼頭，謂曰：『宅内者〔六〕，非汝主母，乃

〔二〕此後，《太平廣記》尚有『年十四，忽謂諸兄曰：「不出三日，家中當恐，且有大喪。」居二日，宅中火，延燒堂室。祖母年老，震驚，自投於牀而卒。兄以賈言聞諸父，諸父訊賈，賈曰：「卜筮而知。」後又白諸父曰：「太行南泌河灣澳内，有兩龍居之，欲識真龍，請同觀之。」諸父怒曰：「小子好詭言駭物，當笞之。」賈跪曰：「實有。」故請觀之，諸父怒曰：「小子好詭。」與同行，賈請具雨衣。於是，至泌河浦深處，賈入水，以鞭畫之，水爲之分。下有大石，二龍盤繞之，一白一黑，各長數丈，見人沖天。諸父大驚，良久瞻視。賈曰：「既見矣，將復還。」因以鞭揮之，水合如舊。則雲霧晝昏，雷雹且至。賈曰：「諸父馳去。」因馳里餘，飛雨大注，方知非常人也』一段。

〔三〕『年十七』，《太平廣記》作『賈年十七』。

〔三〕『果』，《太平廣記》作『既』。

〔四〕『選』，《太平廣記》作『後選』。

〔五〕『童』，《太平廣記》作『僮』。

〔六〕『宅内者』，《太平廣記》作『宅内言者』。

妖魅耳。汝但私語汝郎君，令引我入，可〔一〕除去之。』家人素病之，乃潛言於諸郎。諸郎悟，因哭〔二〕，令〔三〕賈入。賈行吊〔四〕已，向靈言曰：『聞姨亡來，大有神異，言語如舊，今故來謁，姨何不與賈言也？』不應。賈又邀之曰：『今故來謁，姨若不言，終不去矣，當止於此。』魅被其勤請〔五〕，帳中言曰：『甥比佳乎？何期别後生死遂隔。汝不相忘〔六〕，猶能相訪，愧不可言。』因涕泣，言語泣聲，皆姨平生聲也，諸子聞之號泣。令具饌，坐賈於前，命酒相對，殷勤不已。醉後，賈因請曰：『姨既神異，何不令賈一見〔七〕？』姨曰：『幽明道殊，何要相見？』賈曰：『姨不能全出，請露面〔八〕。

〔一〕『可』，《太平廣記》作『當爲』。
〔二〕『因哭』，《太平廣記》無。
〔三〕『令』，《太平廣記》作『邀』。
〔四〕『行吊』，《太平廣記》作『拜吊』。
〔五〕『魅被其勤請』，《太平廣記》作『魅知不免』。
〔六〕『相忘』，《太平廣記》作『忘吾』。
〔七〕『一見』，《太平廣記》作『見形』。
〔八〕『面』，《太平廣記》作『半面』。

不然呈一手一足，令賈見之。如不相示，亦終不去。』魅既被邀苦至，因見左手於几〔一〕，宛然又姨之手也，諸子又號泣。賈因〔二〕前執其手，姨驚，命〔三〕諸子曰：『外甥無禮，何不舉手？』諸子未進，賈遂引其手，撲之於地，而〔四〕猶哀叫，撲之數四，即死，乃老狐也。真形〔五〕既見，裸體無毛。命火焚之，魅語〔六〕遂絕。

【按】本篇《太平廣記》卷三二《王賈》，注出《紀聞》。《古今説海》卷六八題『王賈傳』、《逸史搜奇》丙集三《王賈》載之。本條爲節文。

道人飛劍斬狐

景定年間，衢州某士赴省，近京十數里，少憩林中。有婦人至前，問：『官人何

〔一〕『於几』，《太平廣記》作『於手指』。
〔二〕『因』，《太平廣記》作『固』。
〔三〕『命』，《太平廣記》作『呼』。
〔四〕『而』，《太平廣記》作『尚』。
〔五〕『真形』，《太平廣記》作『形』。
〔六〕『魅語』，《太平廣記》作『靈語』。

處士？』對以實，因問婦人何處，對曰：『所居甚近。吾夫作商，未歸，適因在山，觀人伐薪也。』因邀啜茶。士人至其家，林木森然，庭户幽雅，盛設飲饌，皆海錯甚[二]美，遂與合焉。食飽[三]辭行，婦人挽留，不可，乃贈絲羅兩匹，約回途再來，士人驚喜而去。

試畢將歸，遇道人於市，謂曰：『邪氣入腹，不治將深。』士人恍不知故。道士曰：『試思之。』士人遂告以遇婦人之故。道人取藥一粒，令吞之，吐出蛙蠅，滿地皆活。視緑羅，則蕉葉也，士人大驚。道人復以紙劍授之，曰：『回途必再遇之，可以此劍飛去。』士人拜謝而别。至途，婦人果來，相距百步許，厲聲大罵，曰：『汝信旁人之言，負恩如此。』士人飛紙劍，中之而斃，乃一牝狐也。士人後登第。

【按】本文出處待查。

[二]『海錯甚』，上海圖書館藏《狐媚叢談》原刊不清，有墨筆補正之跡。

[三]『飽』，日本藏《狐媚叢談》作『罷』。

東陽令女被狐魅

東陽令有女病魅數年，醫不能愈。令邀王賈〔一〕到宅，置名饌〔二〕，而不敢有言，賈知之，謂令曰：『聞令〔三〕有女病魅，當爲去之。』因爲桃符，令置所卧床前。女見符，泣而罵，須臾眠熟。有大狐狸〔四〕，腰斬於〔五〕床下，疾乃止。

【按】本篇《太平廣記》卷三二《王賈》，注出《紀聞》。《古今説海》卷六八題『王賈傳』，《少室山房筆叢》壬部《玉壺暇覽》四載其事。本條爲節文，參見《王賈殺狐》篇。

法官除妖狐

咸淳〔六〕乙丑，温州季公喜投充胡家僕。一日，胡令往宏山庵幹事，路逢女子，

〔一〕『王賈』，《太平廣記》作『賈』。
〔二〕『名饌』，《太平廣記》作『茗饌』。
〔三〕『令』，《太平廣記》作『君』。
〔四〕『大狐狸』，《太平廣記》作『大狸』。
〔五〕『腰斬於』，《太平廣記》作『腰斬死於』。
〔六〕『咸淳』，《湖海新聞夷堅續志》作『宋咸淳』。

妖嬈，顧盼動心，遂爲所惑。夜宿門房，女子忽然在前，相得甚歡，遂於是夜〔二〕同寢。自是〔三〕，暮來朝去，殆無虛日。一日，歸卧房，則女〔三〕已在，彼携鷄肉以餉，仍取首飾、釵梳、花朵之類，用紫帕包裹，留置床頭。公喜形體黄瘦，不知爲妖魅所惑，且自謂〔四〕有奇遇。胡家怪而詰問所以，公喜不能隱，出示手帕、包袱、首飾等物，人聚觀之，乃是〔五〕紫色茄柯、野菊花、枯枝敗葉之屬，公喜始悟爲妖〔六〕。遂投請法官，行持救治，追攝祟婦，乃知一狐精爲怪。斷治後得無事〔七〕。

【按】本篇出《湖海新聞夷堅續志》後集卷二題『狐精媒人』，《歧海瑣談》卷一二録之。

〔二〕『遂於是夜』，《湖海新聞夷堅續志》作『是夜』。
〔三〕『自是』，《湖海新聞夷堅續志》《歧海瑣談》作『自後』。
〔三〕『女』，《湖海新聞夷堅續志》《歧海瑣談》作『婦』。
〔四〕『自謂』，《湖海新聞夷堅續志》《岐海瑣談》作『自誇』。
〔五〕『人聚觀之，乃是』，《湖海新聞夷堅續志》作『人皆見其爲』。
〔六〕『公喜始悟爲妖』，《湖海新聞夷堅續志》作『獨公喜珍之』。
〔七〕『得無事』，《湖海新聞夷堅續志》作『無事』。

狐死塔下

王生某者，讀書山室中，往來必經方氏之門。方有女，年十七歲，姿色姝麗，善解詩賦。常倚門盼望，見王年少美容，每秋波偷送，彼此含情，而父母戒嚴，不能少通款曲，王亦思方不置，常形之夢寐。

一日晚，悵悵無聊，步月中庭，吟哦良久，忽見一女從外來，近視之，則方也，王喜躍不勝，擁致幃中，各叙衷曲，綢繆歡娛。事闌，已二鼓矣，女不覺浩然長嘆。王問之，女曰：『噫！我死矣。我非方氏也，乃老狐耳，吸日精月華，幾百年所。仙道已成，第欠陽精耳。每於夢中，取君之精，固不可得，不獲已，化方氏來。今君戰戀過度，妾亦漏洩，行將有子，懷十二月而生，我必死於峰巔塔下。此子，君之骨血，他日大有文名，佐聖主，理天下，可名之「令狐氏」，使不忘我。君念一宵之愛，幸殮我於塔下，我願足矣。』涕泣而去。

王遂歸，托媒達於方氏，願締姻焉，方從之。合巹之夕，王道所以，方曰：『向固嘗夢與君遇，然不至爲文君之行，不意此狐假我誘君。非君之善戰，此身終不白，污我多矣。』伉儷甚相得。明年，王果從峰巔覓之，趨山半，聞兒啼聲，至則一狐死焉，王乃殮之，而抱兒歸。方育之，如己子。長氏令狐，最聰穎，官至翰林而卒。

【按】本篇出處待查。

王嗣宗殺狐

王嗣宗守邠土，邠舊有狐王廟，相傳能爲人禍福，歲時享祀祈禱，不敢少怠，至不敢道其故〔一〕。嗣宗至郡，集諸邑獵户，得百餘人，以甲兵圍廟，薰灌其穴，殺百餘狐。或云：『有大白狐，從火中逸去。』其妖遂息。後人復爲立廟，則寂無靈矣〔二〕。郡

〔一〕『至不敢道其故』，《行營雜録》作『至不敢道』。

〔二〕此後，《行營雜録》尚有：『嗣宗後帥長安，處士種放者，朝廷所尊禮，每帥守至，輒面數之。嗣宗不服，以言拒之，放責數嗣宗，聲色俱厲。嗣宗怒，以手批其頰。先是，真宗有敕書，令放有章奏，即附驛。欲詣闕，即乘驛。放遂乘驛，訴於上前。上特於嵩山之陽，置書院以處之。』

有人贈詩〔二〕曰：『終南處士威風滅，渭北妖狐窟穴空。』嗣宗大喜，曰〔三〕：『吾死後，刻此詩於墓旁，足矣〔三〕。』

【按】本篇出《行營雜録》。《呂氏雜記》卷下、《説郛》卷四七上、《古今説海》卷一二四、《堯山堂外紀》卷四二、《山西通志》卷二三〇、《宋詩紀事》卷一、《駢字類編》卷一六六等録其事。

顧旃殺狐得簿書

吴郡顧旃，至〔四〕一岡，忽聞人語聲云：『咄咄！今年衰。』乃與衆尋覓。岡頂有一

〔一〕『郡有人贈詩』，《行營雜録》作『後嗣宗去郡，有人贈詩』。日本藏《狐媚叢談》作『郡有人贈嗣宗詩』。
〔二〕『曰』，《行營雜録》作『歸告其子孫曰』。
〔三〕『吾死後，刻此詩於墓旁，足矣』，《行營雜録》作『吾死更勿爲碑志，但石刻此詩，置於墓旁，吾其榮矣』。
〔四〕『至』，《搜神後記》作『獵至』。

穽，是古時塚，見一老狐，蹲塚中，前有一卷簿書，老狐對書屈指，有所計校。犬〔二〕咋殺之，取視簿書，悉是奸人女名，已經奸者，朱鉤頭，所疏名有百數，旃女亦在其簿次〔三〕。

【按】本篇出《搜神後記》卷九，《事文類聚》後集卷三『老狐取女』，《山堂肆考》卷二一九『蹲塚』，均注出《搜神記》。《搜神後記》卷九、《太平御覽》卷九〇九、《古今合璧事類備要》別集卷七八、《廣博物志》卷四七、《花木鳥獸集類》卷下等并引。

犬嚙老狐

晉天福甲辰歲，公安縣滄渚村民辛家犬逐一婦人，登木而墜，爲犬嚙死，乃老狐也，尾長七八尺。則止首〔三〕之妖，江南不謂無也，但稀有耳。

【按】本篇《太平廣記》卷四五五《滄渚民》，注出《北夢瑣言》。《古今合璧事類備要》別集卷七八、《山堂肆考》卷二一九均注出《南部新書》。

〔二〕『犬』，《搜神後記》作『放犬』。
〔三〕『亦在其簿次』，《搜神後記》作『正在簿次』，《北夢瑣言》作『邱丘』。
〔三〕『止首』，《太平廣記》作『正首』。

卷　五

狐稱玄丘校尉

張鋋夜行，逢巴西侯，置酒，邀玄丘校尉。至，一人衣黑衣。天将曉，鋋悸寤，乃一狐卧於傍〔一〕。

【按】本篇《太平廣記》卷四四五《張鋋》，注出《廣異記》，《宣室志》卷下、《白孔六帖》卷九七《玄丘校尉》，《古今事文類聚後集》卷三七《狐稱校尉》、《紺珠集》卷五、《古今説海》卷七六《巴西侯傳》、《天中記》卷六〇、《山堂肆考》卷二一九《玄丘尉》、《淵鑒類函》卷四三一、《花木鳥獸集類》卷下、《格致鏡原》卷八八等載之，本篇節録成文。

〔一〕『卧於傍』，《白孔六帖》作『卧於前』，《山堂肆考》作『卧於側』。

張明遇狐

張明〔一〕，字晦之，年二十歲〔二〕，美姿容，善詩賦。尚未有室〔三〕。因在家，安閑無事，父母命其收拾資本，出外爲商。

偶至東京，回來〔四〕，未及至家，泊船於岸。是夜，月明如晝，明不能寐，披襟閑行，遂吟一絶云：『荇帶浦芽望欲迷，白鷗來往傍人飛。水邊苔石青青色，明月蘆花滿釣磯。』明吟訖〔五〕，俄然見一美人，望月而拜，拜罷，亦吟詩一首云：『拜月下高堂，滿身風露涼。曲欄人語静，銀鴨自焚香。』又云：『昨宵拜月月似鐮，今宵拜月月

〔一〕『張明』，《古今清談萬選》《稗家粹編》作『竇明』，《百家公案》作『話説仁宗元年間，包公在東京之日，適屬縣有姓張名明，字晦之者』。

〔二〕『歲』，《古今清談萬選》作『許』，《稗家粹編》作『餘』。

〔三〕『尚未有室』，《稗家粹編》作『然而冰人滯阻，紅葉沉淪，尚未有室也』，《百家公案》作『尚未娶有室也』。

〔四〕『回來』，《百家公案》作『而回』。

〔五〕『吟訖』，《百家公案》作『吟罷』。

如弦。直須拜得月輪滿〔一〕，應與嫦娥得相見。嫦娥孤悽妾亦孤，桂花凉影墮冰壺。年年空有〔二〕《羽衣曲》，不省二更得遇無？〔三〕』美人吟畢，張明見〔四〕其美貌，遂趨前問曰：『娘子，因何〔五〕而拜月也？』美人笑而答曰：『妾見物類尚且成雙，可以人而不如物乎〔六〕？因吟此拜月之詩，意欲得一佳婿耳。』明曰：『娘子今來至此，莫非有所爲而然耶？』美人曰：『亦無所爲。但得婿如君，妾願足矣！』〔七〕明喜曰：『娘子果不棄，當偕至予舟，同飲合巹之酒，可乎？』美人欣然登舟，相與對月而酌。既而與

〔一〕『輪滿』，《清風亭稿》《百家公案》作『滿輪』。
〔二〕『空有』，《稗家粹編》《百家公案》均作『空習』。
〔三〕拜月詩，凡兩見：一是明童軒《清風亭稿》卷二；一是明李培《水西全集》卷一。從時間上推斷，其原創當爲童軒；《水西全集》當爲闌入。『不省二更得遇無』，《稗家粹編》《百家公案》作『不省三更再遇無』，《清風亭稿》作『不省三郎再遇無』。
〔四〕『見』，《百家公案》作『悦』。
〔五〕『因何』，《百家公案》作『何如』。
〔六〕『可以人而不如物乎』，《百家公案》無此句。
〔七〕此兩句對答，《百家公案》無，當爲編者所加。

張文會，極盡繾綣〔一〕。

次日，明促舟還家，同美人拜見父母、宗族。問明：『何處得此美女？』明答：『以娶某處良家之女。』美人自入明家，勤紡績，儉日用；事舅姑以孝，處宗族以睦，接鄰里以和，待奴僕以恕，交妯娌以義；上下内外，皆得歡心，咸稱其得内助。後遇府尹正直無私，美人自往，伏罪而死，化爲一狐，衆始駭異〔二〕。

【按】本篇爲《湖海奇聞集》軼文。《古今清談萬選》卷三、《稗家粹編》卷七，均題『拜月美人』，《幽怪詩談》卷六作『瓜步娶耦』，文字、内容有較大改動。《百家公案》卷三《訪察除妖狐之怪》，據此演爲本事。

施桂芳贅狐

成都府何達與施桂芳往東京遊玩，至一古寺，觀覽一番，遥見對寺一所，樹林幽

〔一〕『繾綣』，《百家公案》作『歡悦之美』。

〔二〕此句删除了包公斷案事宜，改易成文。

奇蒼鬱，遂問僧曰：『前面樹林是何處？』僧曰：『劉太守花園。太守亡後，荒廢多年，惟茂林花樹而已。』桂芳與達往遊其地。但見毀墻崩砌，石塌斜欹，狐蹤兔跡，交馳草徑，二人嘆息不已。

達因失物，轉寺追尋，桂芳緩步竹林。忽見二女使，從林外入，見芳笑曰：『太守遣妾奉迎。』芳曰：『太守是誰？』女使曰：『君去便知。』芳即随女使而去。至一所在，但見明樓大屋，朱門綉户，堂上坐一丈夫，見桂芳到，便下階迎接，甚加禮敬。坐定，丈夫曰：『老夫僻居數十年矣，人跡罕到。有一女，欲覓快婿，不得其人。足下遠來，真天緣也。願以奉君，幸勿見阻。』桂芳惶懼辭讓，已被群女引之一室，與美人爲偶，伉儷同心，日惟嬉戲。

比及何達來時，遍覓無獲，意爲虎傷，驚疑未定，集衆再往。忽聞林叢笑語喧闐，遂冒荊棘而入，見群女擁一男子在石，嬲戲不已。衆共叱之，群女皆没，惟男子昏迷不動，近前視之，乃桂芳也。扶掖而歸，口吐惡涎數升，月餘方愈。

【按】本篇《江湖紀聞後集》有施桂芳婚狐事，但與此條差異頗大。從文字關係看，本條當出《百家公案》卷六五回《决狐精而開何達》。

插花嶺妖狐

襄城縣白水村，離城五十里插花嶺有一狐，夜涵太陰之華，日受太陽之精，久而化爲女子，體態嬌媚，肌瑩無瑕。假名花翠雲，日往村中人家，調戲男女。村中有一小路，可通開封府。西華客商取其近捷，莫不從此經過。一日將晚，翠雲遥見孤客來近，隨變土穴作一茅房酒店，便迎此客安歇。是時，客人見他美貌，乘邀便轉，與翠雲備酒對飲。酒至二巡，雲問姓名、居址，客云：『西華，姓陳名焕。』焕因問：『尊姐貴表，丈夫何在？』雲云：『花翠雲，丈夫往外家未回。』焕遂欲與結同心之好，發言微露此意，雲偷眼冷笑曰：『君有愛妾之心，妾豈無相從之意。』二人遂成雲雨之會。焕口占一詩，云：『千里姻緣一夕期，撫調琴瑟〔一〕共鴛幃。桃花〔二〕與我心相濟，悵恨私情逐曉啼。』雲亦和韻，云：『夙緣有素晤今期，鸞鳳雙飛戲羅幃〔三〕。惟

〔一〕『撫調琴瑟』，《百家公案》作『撫琴調瑟』。
〔二〕『桃花』，《百家公案》作『幽禽』。
〔三〕『鸞鳳雙飛戲羅幃』，《百家公案》作『携手雙雙入翠幃』。

願綢繆山海固，不忍鴛鴦兩處啼〔二〕。』吟罷，翠雲將陳煥迷死。次日，又往劉富二家，引其子劉德〔三〕入室，染迷而死。富二訴於府尹。府尹齋戒三日，疏於土神，雷震老狐於嶺下。

【按】本篇出《百家公案》第十三回《爲衆伸冤刺狐狸》。

九尾野狐

錢塘一官妓，性善媚惑，人號曰『九尾野狐』。東坡先生在杭，權攝守事。九尾野狐者，一日下狀解籍，遂判云：『五日京兆，判斷自由；九尾野狐，從良任便。』得狀下堂，化爲狐而去。

【按】本篇《澠水燕談録》卷一〇、《增補武林舊事》卷八、《侯鯖録》卷八、《詩話總龜後集》卷四八、《漁隱叢話前集》卷六〇、《西湖遊覽志餘》卷一六、《堯山堂外紀》卷五二、《山堂

〔二〕『不忍鴛鴦兩處啼』，《百家公案》作『靈雞何苦五更啼』。
〔三〕『劉德』，《百家公案》作『劉昭』。

肆考》卷一一一《投牒從良》、《堅瓠集》卷一、《宋艷》卷七等并引。《西湖佳話》卷三「六橋才跡」，引爲本事。

姜五郎、二女子

建昌新城縣人姜五郎[一]，居巴[二]五里外。紹興四年[三]中秋夜，在書室中，玩月軋箏，遥聞婦人悲哭，穴窗窺之，見一女子素服[四]，挈衣包，正扣姜户。姜問：「何人？」曰：「我只是在城[五]董二娘。隨夫作商他處，不幸夫死，又無父母兄弟可依。今將還鄉，乞食趕路不上，望許留一宿。」姜納之，使別榻而卧。明日，不肯去，願充

〔一〕「姜五郎」，《廣艷異編》作「姜五」。
〔二〕「巴」，上海圖書館藏《狐媚叢談》作「巴」，日本内閣本《狐媚叢談》作「邑」，當是。
〔三〕「紹興四年」，《夷堅志補》《廣艷異編》《情史類略》作「淳熙四年」。
〔四〕「見一女子素服」，《夷堅志補》《廣艷異編》作「素衣女」。
〔五〕「在城」，《夷堅志補》作「郪城」，《廣艷異編》《情史類略》作「軍城」。

妾御，姜復從之，遂荏苒兩月。方夜睡〔一〕室中，又有女子至，云：『縣市典庫趙家婢進奴，爲主公見私，被娘子捶打，信步逃竄，亦丐少留。』其人容貌端秀，自言善彈琴、奕棋及能畫，姜喜甚。兩女同處如一家，相與無間。

董氏嗜食鷄，進奴密告〔二〕云：『彼乃野狐精，積久非便。他説喪夫事，盡虚詐〔三〕也。』姜深以爲疑。董女已覺，愠曰：『五郎今日致疑〔四〕，不喜歡，莫是聽進奴妄談否？我知渠是妖蛇精〔五〕，切勿墮其計。』姜曰：『何以驗其真相？』曰：『但賣雄黄、白芷〔六〕各一兩，搗成末，再用九愓草〔七〕、神離草各一把，生大蜈蚣一條，共修合〔八〕

〔一〕『夜睡』，《夷堅志補》《廣艷異編》作『夜謳』。
〔二〕『密告』，《夷堅志補》《廣艷異編》作『密告姜』。
〔三〕『虚詐』，《夷堅志補》《廣艷異編》作『虚僞』。
〔四〕『致疑』，《夷堅志補》作『陡頓』，《廣艷異編》作『陡』。
〔五〕『蛇精』，《夷堅志補》《廣艷異編》作『蛇妖』。
〔六〕『白芷』，《夷堅志補》作『香白芷』。
〔七〕『九愓草』，《夷堅志補》《廣艷異編》作『九塔草』。
〔八〕『修合』，《廣艷異編》作『修治』。

爲餅，以半作丸與服，半〔一〕焚於書院，渠必頭痛，更將半藥，置鼻上，立可見矣。』家有大雄鷄報曉，董欲烹之。進奴使姜詐〔二〕出外，潛於暗壁守視，果見董變狐身，攫鷄而食，急取刀刺殺之。是夕，進奴服藥亦死〔三〕，屍化爲蛇〔四〕。

【按】本篇出《夷堅志補》卷二二，《廣艷異編》卷二四，題『趙進奴』，《情史類略》卷二一等引之。

狐稱千一姐

龍興州〔五〕樵舍鎮富人周生，頗能捐資財，以歌酒自娱樂。紹興十四年六月，有經

〔一〕『半』，《夷堅志補》《廣艷異編》作『并』，當是。

〔二〕『詐』，《夷堅志補》《廣艷異編》作『紿』。

〔三〕『亦死』，《夷堅志補》作『竟亦死』，《廣艷異編》作『竟死』。

〔四〕『屍化爲蛇』，《廣艷異編》作『屍化爲蛇矣』。

〔五〕『龍興州』，《夷堅志》《情史類略》作『隆興府』，據宋祝穆《方輿勝覽》卷一九隆興府得名是『以孝宗皇帝潛藩』，當是。《狐媚叢談》『龍興州』，及《物妖志》『陸興府』，并誤。

過路歧老父〔一〕，自言王七公，挾一女千一姐來展謁。女容色姝麗，善鼓琴、弈棋、書大字、畫梅竹。命之歌詞，妙合音律。周悦其貌，且肩負技藝甚妙絶，謂其老曰：「我自有妻室，能降意爲側室乎？」對曰：「吾女〔二〕年二十二歲，更無他眷屬。如君家欲得備使令，老身之幸也。」周謝其聽許，議酬之〔三〕官券千緡。老父曰：「本不較此，但得吾女有所歸，足矣！」呼伢儈立契約，日〔四〕留女而受券，明日告别。女爲妾，逾五年〔五〕。

八月，有行客，如道人狀，過門而言：「此家妖氣甚濃〔六〕，吾當爲去之。」閽僕入報，周急出〔七〕，將百錢與之，不肯接；與之酒，亦不飲。問曰：「君家有若干人

〔一〕「有經過路歧老父」，《情史類略》作「有老父經過」。
〔二〕「吾女」，《夷堅志補》作「女子」。
〔三〕「酬之」，《夷堅志補》作「酬以」。
〔四〕「日」，《夷堅志補》作「即」。
〔五〕「女爲妾，逾五年」，《夷堅志補》作「女爲妾逾歲五年」。
〔六〕「此家妖氣甚濃」，《夷堅志補》作「是家妖氣露現」。
〔七〕「急出」，《夷堅志補》作「遽出」。

口，無論老少男女，盡行來前，當爲相何人合貴。』周一門二十七口，悉至廳上。道人熟視一女，即〔一〕引手掐訣吹氣，喝曰：『速疾！』俄雷火從袖出，霹靂一聲振響，烟氣蔽面，頃之豁然。千一姐化爲白面狐狸，以〔二〕仆地而殞，道人不見矣。

【按】本篇出《夷堅志補》卷二二《王千一姐》，《情史類略》卷二一《白面狐狸》、《物妖志》卷三《白面狐》等載録。

天師誅狐

婺州曹陽縣〔三〕郭郎中〔四〕，家依山而居。山石險峻，樹林深密，常有狐〔五〕爲妖，人

〔一〕『即』，《夷堅志補》作『只』。

〔二〕『以』，《夷堅志補》作『已』。

〔三〕『曹陽縣』，《湖海新聞夷堅續志》作『東陽縣』，《元史》卷六二志一四地理五載：『婺州路，唐初爲婺州，又改東陽郡。宋爲保寧軍，元至元十三年改婺州路。』領一縣六州『金華、東陽、義烏、永康、武義、浦江』及『蘭溪州』，據此知當爲東陽縣。

〔四〕『郭郎中』，《湖海新聞夷堅續志》作『有郭郎中』。

〔五〕『狐』，《湖海新聞夷堅續志》作『大蛇』。

不能〔一〕治。郭有一女，年十六歲，容貌甚麗，忽尋不見。父母疑爲祟所獲〔二〕，朝夕思慕不已。遣人齎信香〔三〕詣龍虎山，迎請觀妙天師救治。欲翌日啓行，夜〔四〕夢祖師云：『汝毋往，吾將自治之。』忽一日，有道人到郭家，問〔五〕之曰：『爾家有何憂事？』郭以失女事對。道人曰：『我有道法，爾當遣人，随我尋之。』遂遣人随去。至屋後山中，令其人閉目，謂：『聞喝聲，即開。』及喝一聲，開目，見山中火發，焚一大狐〔六〕於中，女立於前。詢之，乃此狐〔七〕爲魅，其怪即絶。道人乃給符與女服，獲安如故。

【按】本篇出《湖海新聞夷堅續志》後集卷一《道教門·道法》《天師誅怪》。

〔一〕『不能』，《湖海新聞夷堅續志》作『所不能』。
〔二〕『獲』，《湖海新聞夷堅續志》作『惑』，日本内閣本《狐媚叢談》作『惑』。
〔三〕『信香』，《湖海奇聞夷堅續志》作『香信』。
〔四〕『夜』，《湖海新聞夷堅續志》作『是夜』。
〔五〕『問』，《湖海新聞夷堅續志》作『謁問』。
〔六〕『大狐』，《湖海新聞夷堅續志》作『大蛇』。
〔七〕『此狐』，《湖海新聞夷堅續志》作『此蛇』。

蕭達甫殺狐

吉州虎溪蕭達甫，爲子娶婦二年矣。咸淳乙丑春，夜二更餘，閽者聞叩門聲，問其姓名，曰：『王二來小娘處，取少物色。』閽者入告，子婦思此人死數年，心稍恐，遂告以『我家無此人。』閽者出，則門無人矣。

次日，簷前磚石亂下，語言亂雜，細如嬰兒，皆不可辨，日益以甚，一家什物，損壞迨盡，但不傷人。遍求法官，治之無效，遂將玄帝像，掛於廳上，惟廳上僅静，他處紛擾，無時暫息。子婦嘗自廚中，奔入室閉門，婦人視之，仆地死矣，逾時方醒。自後愈甚，遂以爲常。達甫告之，曰：『不信汝有城磚拋來。』須臾，拋下城磚於達甫之前，視之，所出窑磚尚熱。再告之曰：『不信汝有食物拋來。』須臾，拋下羊蹄一隻，視之再，有維揚稅務印。其變幻不可曉，如此展轉至夏。

達甫嘗晝寢，夢一白鬚老，告曰：『廚中有物，急擊勿失。』達甫驚覺，呼其子同視之，廚中器用狼籍，一狐卧於竈，亟捕之，走由窗中出，達甫拏其一足，其子出外縛之，釘於柱，問曰：『每日拋下磚石，非汝也耶？』狐唯唯作聲，莫可曉，復以足作拋石之狀，遂烹以油。當烹時，簷前數十狐，若哀懇者，蕭罔顧也，其怪遂絕。乃知其子婦未出適時，王二以少金銀寄之，不復索而死。盖狐則山魈，王二爲祟勾引爲怪也。

【按】本篇出《江湖紀聞》。

群狐對飲

宣和，萬歲山上有群狐，杯酌對飲，敇拍之，皆散。有一狐，自艮嶽來，入宮禁，於御榻上坐，侍衛喧鬨，倏然不見。

【按】本篇出《大宋宣和遺事》利集，參見卷四『狐升御座』條。

誦經却狐

李〔一〕回，婺陵人，元和年應舉不第，東歸。夜夢一僧人與回曰：『若〔二〕來春要及

〔一〕『李』，明刻本、抄本《湖海新聞夷堅續志》均作『季』。
〔二〕『若』，《湖海新聞夷堅續志》作『君』。

第，何不念《金剛經》？』回心大喜，沿途便念。去家十里，因宿橋下，忽被一女引至一村〔一〕，又見二女在傍。回疑是妖怪，遂念《金剛經》，口出〔二〕異光，女伴〔三〕化狐而去。

【按】本篇出《湖海新聞夷堅續志》后集卷二《佛經》。

西山狐

范益者，精於脉藥，仕元，至正間，爲大都醫官，年七十矣。嘗有老嫗，詣其門曰：『家有二子屬疾〔四〕，欲請公往治之。』問其家所在，曰：『西山。』益憚途遠，以老辭，曰：『必不得已，可攜來就診耳。』嫗去，良久攜女至，皆少艾。益診

〔一〕『村』，《湖海新聞夷堅續志》作『村宅』。
〔二〕『口出』，《湖海新聞夷堅續志》作『口吐』。
〔三〕『女伴』，《湖海新聞夷堅續志》作『伴女』。
〔四〕『二子屬疾』，《紀録彙編》本《庚巳編》作『二女屬病』。

之，愕然曰：『何以俱非人脉？必異類也！』因謂嫗：『爾無隱，當實告我。』嫗惶恐跪訴，曰：『妾實非人，乃西山老狐也。知公神術，能生吾女，故來投懇。今已覺露，幸仁者憐而容之。』益曰：『濟物，吾心也，固不爾拒。然此禁城中，帝王所在，萬神呵護，爾醜類何得至此？』嫗曰：『真天子自在濠州，城隍社令，皆移守於彼，此間空虛，故吾輩不妨出入耳。』益異其言，授以藥，嫗及二女，拜謝而去。是時，高皇帝龍潛淮右云。益，吾鄉劉原博先生之外祖也。劉之祖能道其事。

【按】本篇出《庚巳編》卷三。《篷窗寤語》卷一、《五雜俎》卷九、《稗家粹編》、《日下舊聞考》卷一五九、《（光緒）順天府志》卷七〇并載其事。《元明事類抄》卷一八，題名『知非人脉』，節録。《古古夫于亭雜録》卷三《平妖傳》載：『元至正間，有范益者，京師名醫也。一日，有嫗携二女求胗，曰：「此非人脉，必異類也，當實告我。」嫗泣拜曰：「我，西山老狐也。」與之藥而去。今小説《平妖傳》實借用其事。而所謂嚴三點，則南昌神醫也，予已別記於《居易録》。又《傳》中杜七聖與蛋子和尚鬥法斬葫蘆事，見《五雜俎》，乃明嘉、隆間事，皆非杜撰也。』則此條爲《平妖傳》本事之一矣。

驪山狐

愚讀劉晨、阮肇天台遇仙女之事，心竊疑焉。夫二女既仙，必能離欲，豈肯〔一〕不有其躬，而與塵寰〔二〕採藥之夫，自爲伉儷哉？或者山精狐魅，幻化以迷之耳，其曰：『劉、阮還家，子孫無有存者』，此乃述《齊諧》之業者，附會之過也，何足信哉！近年有朝士，奉使關西，過臨潼，浴驪山温泉，想像玉環，不覺心動。浴罷，還行臺，露出追涼〔三〕。忽見絳紗燈熒熒，導一女官，持節而來，告之曰：『貴妃且至。』俄頃，霓旌宫扇，擁貴妃至中庭。鳳冠翟褘，環珮珊珊，雪膚花貌，恣媚流麗。與朝士交禮畢，款語移時，遂携手入室，薦枕席之歡。五鼓既作，女官又領仙仗迎之而去。自是，隨其所止，源源而來，朝士以爲奇遇。驪山父老聞之，曰：『是此山老狐精也。其女

〔一〕『肯』，《晝永編》作『昔』。
〔二〕『塵寰』，上海圖書館藏《狐媚叢談》紙字脱落，不可辨認。日本内閣本《狐媚叢談》《晝永編》均同，據補。
〔三〕『露出追涼』，《晝永編》作『露坐追涼』，當是。

官輩，小狐精也。』即此觀之，劉、阮之所遇，非此類耶[一]？

【按】本篇出《晝永編》下集。《雲心餘識》卷四録其文，注出《緑雪亭雜識》。

大別山狐

天顺甲申歲，浙人盧金、蔣常往來湖湘間，販賣物貨，變易麻豆。其年，船抵湖廣之漢陽，因觀觀音閣。館驛一帶，江水衝塌，灣泊不便，乃館於洗馬口舒家店，發賣貨物。店東馬姓者，一女年十八，美姿容，勤女工，自幼不喜言笑。漢陽衛、府，及武昌求聘者紛紛，父母因無子，未許嫁。蔣生見而悦之，其女不知人私視。是時，盧生年五十，蔣生年十九，年幼飄逸能詩。一日，朗吟曰：『丹桂花開月有光，不能採摘只聞香。高唐無夢巫山杳，孤館蕭蕭空斷腸。』是夕，天欲雨，忽聞扣門聲，蔣生執燭開門，乃見日間對窗下之女，低聲謂之曰：『適見閣下有顧盼意，是以背父母，

[一]『耶』，《晝永編》作『也乎』。

私就君子，莫棄醜陋，願效文君。』蔣喜不自勝，乃附耳謂曰：『盧叔方睡，慎勿高言。』遂就寢。天五鼓，女告歸，低囑生曰：『我父母年雖老而性嚴，汝日間見我，不可嬉戲，只如往日，可保始終。』於是，蔣生日攻書史，目不外視，其家女本不知，倚窗刺繡如常。蔣思夜間相囑之言，以爲真有此情，愈加持重，東鄰皆喜其少年謹厚。

是後，夜夜往來，蔣生漸無精采，茶飯減進。盧生問病之根由，但以思父母爲對，服藥求神，一無應驗。一日，盧諭以鬼神不測之言，蔣生病篤，亦自恐，又見馬家之女，所見不似乎有情，乃道其詳。盧曰：『謬矣！马家門壁高，父母嚴，女不生翅，從何而出？』又問之曰：『今夕來否？』蔣曰：『來。』盧曰：『來則依我行。』乃以粗布裹芝蔴二升，語生曰：『来则將此物與之。』蔣曰：『與此何用？』盧曰：『汝但依此行，管教病愈。』是夜，女果來，蔣生始疑懼，將前物以贈女，謂之曰：『我病着題目了，汝且回。』女亦傷感涕泗，不肯去。蔣懼呼盧，女恐盧識，拭淚而去。次早，盧教蔣生，步芝蔴撒止何地。蔣生依所教而行，至大别山後，一石洞邊，見一狐人首畜身，鼾睡正濃。生叫云：『被你坑陷殺我耶？』其物醒而負愧，乃謂生曰：『今日被你識破我了，我必有以相報。』乃入洞，取草三束，授生，曰：『汝將一束，煎湯自洗，其病即愈。一束撒在马家屋上，其家女即生癩風，人不堪近，醫不能救，汝令人求之自醫，將此第三束草，煎湯洗之，則復如舊，與君偕老無恙，故此相報耳。君其返，勿以我之故，告同舍郎。我與郎君共枕席十三餘月，乃宿緣，不偶然。夫妻情意，不可相忘。』言訖，泣下如雨，生亦念其舊，不忍加害，乃與之别。至舘，廬問何所見，匿不言，唯唯而已。

其夜，生以草水洗之，不二日，疾果瘳。乃暗以次束草，撒馬家房上，其女果生癩，皮癢膿出。時天炎熱，穢氣觸人，醫術不能瘳，父母不能近，求其速死而不得，欲投之於江而不忍。蔣生乃浼漢陽所軍户王媽媽爲媒求之，其家以生爲戲言，亦戲之曰：『要便擡去。』於是，蔣生以白金二錠爲聘禮，其家不受，至次日，蔣生塞鼻，自背過街，行者皆掩鼻。其夜，生煎湯以洗之，二三日間，瘡口漸愈，四五日後，瘡殼剥落，七八日，起床行履，未及半月，言笑容顔如舊。父母合家驚悔，乃欲設宴延生結納，生亦欲償聘禮，女拒之，以父母情薄，不捨財救己。乙酉歲，徙居漢口滕古源家。買舟約廬生回杭，後不知所終。

【按】本篇出《耳譚》卷七《大别狐妖》。兩文事同，但情節、文辭差異頗大。其文曰：浙人蔣生賈於江湖，後客漢陽馬口某店，而齒尚少，美丰儀。相距數家，馬氏有女，臨窗纖姣，光采射人。生偶入窺見之，嘆羨銷魂。是夜，女自來曰：『承公垂盼，妾已關情，故來呈其醜陋。然家嚴剛厲，必慎口修持，始永其好。』生喜逾遇仙，遂共枕席，而口三緘，足不外趾，惟恐負女。然生漸憊瘁。其儕若夜聞人聲，疑之。語生曰：『君得無中妖乎？』生始諱匿，及疾力，始曰：『與馬公女有前緣，常自來歡會，非有他也。』其儕曰：『君誤矣，馬家崇墉稠人，女從何來？聞此地夙有狐鬼，必是物也。』因以粗布盛芝麻數升，曰：『若來，可以此相贈，自能辨之。』果相授受，而生與狐皆罔然。明日，生亦悟，因跡芝麻撒止處窺之，乃大別山下，有狐鼾寢洞穴中。生懼大喊，狐醒，曰：『今爲汝看破我行藏，亦是緣盡。然我不爲子厲，今且報子。汝欲得馬家真女，亦不難。自擷洞中草作三束，日以一束煎水自濯，則子病瘉；以一束撒馬家屋上，則馬家女病癩；以一束煎水濯女則癩除，而女歸汝矣。』生復大喜，歸不以告人，而自如其言爲之。女癩遍體，皮癢濃腥，痛不可忍，日夜求死，諸醫不效。其家因書門曰：『能起女者，以爲室。』生遂揭門書，曰：『我能治之。』以草濯之，一月愈。遂贅其家，得美婦。生始窺女，而極慕思，女不知也。狐實陰見，故假女來。生以色自惑，而狐惑之也。思慮不起，天君泰然，即狐何爲然以禍始，而以福終，亦生厚幸。雖然，狐媒猶狐媚也，終死色刃矣。此天順甲申年事。

本篇《廣艷異編》卷三〇《蔣生》、《情史類略》卷一二《大別狐》、《劉氏鴻書》卷九一等引其文。小説虛假幻化、冷暖疊變，曲折感人，故《二刻拍案驚奇》卷二九《贈芝麻識破假形，擷草藥巧偕真偶》，及《型世言》第三八回《妖狐巧合良緣，薄郎終偕伉儷》引爲本事，可見其影響之一斑。

胡媚娘

新鄭驛卒黃興者〔一〕，偶出夜歸，倦憩林下。見一狐，拾人髑髏戴之，向月拜，俄化爲女子，年十六七，絶有姿容，哭新鄭道上，且哭且行。興尾其後，覘之。狐不意爲興所窺，故作嬌態。興心念曰：『此奇貨可居。』乃問曰：『誰家〔二〕女子，敢深夜獨行乎？』對曰：『奴，杭州人，姓胡，名媚娘，父調官陝西，適被盜於前村〔三〕，父母兄弟死寇手，財物爲之一空。獨妾伏深草，得存殘喘至此。今孤苦一身，無所依托，將投水死，故此哭耳。』興曰：『吾家雖貧賤，幸不乏饘粥，荊妻復淳善，可以相容，

〔一〕『新鄭驛卒黃興』，日本天理大學藏本《剪燈餘話》《古今清談萬選》作『黃興者，新鄭驛卒也』。
〔二〕『誰家』，《古今清談萬選》作『誰氏』。
〔三〕『適被盜於前村』，《古今清談萬選》作『適前村被盜』。

汝能安吾家乎？』女忍淚拜謝，曰：『長者見憐，真再生之父母也。』隨至興家，復以前語，告興妻。妻見女婉順，亦善視之，而興終不言其故。

時進士蕭裕者，八閩人，新除耀州判官。過新鄭，與新鄭尹彭致和爲中表兄弟，因訪致和，致和宿之館驛。黄興供役驛中，見裕年少逸宕，非端士，且所携行李甚富，乃語妻曰：『吾貧行可脱矣。』因欲動裕，數令媚娘汲水井上，使裕見之。裕果喜其艷也，即求娶爲妾。興曰：『官人必娶吾女，非十倍財禮不可。』裕不吝，傾資成之，携以赴任。媚娘賦性聰明，爲人柔順，上自太守之妻，次及衆官之室，各奉緑羅一端，胭脂十帖。事長撫幼，皆得其歡心。由是内外稱譽，人無間言。其或賓客之來，裕不及分付，而酒饌之類，隨呼即出，豐儉咸得其宜。暇則躬自紡績，親繰蠶絲，深處閨房，足不履外閾。裕有疑事，輒以咨之，即一一剖析，曲盡其情。裕自詫得内助，而僚寀之間，亦信其爲賢婦人也。

未幾，藩府聞裕才能，檄委催糧於各府。媚娘語裕曰：『努力公門，盡心王室〔一〕。

〔一〕『王室』，日本天理大學藏本《剪燈餘話》作『王事』。

閨閫細務，妾可任之。惟當保重千金之軀，以圖報涓涘之萬一，慎勿以家自累也。』裕頷之而別。因前進，宿於重陽宮。道士尹濬然見之，私語裕吏周榮曰：『爾官妖氣甚盛，不治，將有性命之憂。』榮以告，裕叱之曰：『何物道士，敢妄言耶？』是年冬末，糧完回州署事。屆春暮而裕病矣，面色萎黄，身體消瘦，所爲顛倒，舉止倉皇。同寅爲請醫服藥，百無一效，然莫曉其致疾之由。周榮忽憶尹濬然之言，具白於太守。太守問裕，裕曰：『然！』於是，謂同知劉恕曰：『蕭君卧病，皆云有祟，吾輩不可坐視。』劉曰：『盍請尹道士而治之乎？』守即具書幣，遣周榮詣重陽宮，請濬然。

濬然曰：『渠不信吾語，致有今日。然道家以濟人爲事，可吝一行乎？』便偕榮至，守出迎，以裕疾，求救爲請。濬然屏人，告守曰：『此事吾久已知。彼之宅眷，乃新鄭北門老狐精也，化爲女子，惑人多矣。若不亟去，禍實不測。』守驚愕曰：『蕭君内子，衆所稱賢，安得遽有此論哉？』濬然曰：『姑俟明朝，便可見矣。』乃就衙後堂結壇。次日午，濬然按劍、書符，立召神將，須臾，鄧、辛、張三帥森立壇前。澹然焚香誓神曰：『州判蕭裕爲妖狐所惑，煩公〔一〕即爲剿除。』乃舉筆書檄，付帥持去〔二〕。俄而，黑雲滃墨，白雨翻盆，霹靂〔三〕一聲，媚娘已震死闤闠矣。守率僚屬往視，乃真狐也，而人髑髏猶在其首。各家宅眷，急取其所贈諸物，觀之，其緑羅，則芭蕉葉數番，胭脂，則桃花瓣數片，以示於裕，裕始什然。尹公命焚死狐，瘞之僻處，鎮以鐵簡，使絶跡焉。然後取丹砂、蟹黄、篆符與裕服，而拂袖歸山，飄然不顧矣。

裕疾愈，始以媚娘之事〔四〕，告太守，遣人於新鄭問黄興。興已移居，家遂殷富，不復爲驛卒，盖得裕聘財所致耳，始略言嫁狐之事於人。詢者歸，具以告太守。衆乃信狐之善媚，而神澹然之術焉。

【按】本篇出《剪燈餘話》卷三《胡媚娘傳》，《古今清談萬選》卷三《新鄭狐媚》等載録。

〔一〕『公』，日本天理大學藏本《剪燈余話》作『公等』，是。
〔二〕『持去』后，删除了一段尹澹然所書檄文。
〔三〕『靂』字，上海圖書館《狐媚叢談》挖去，用墨筆補『靂』字。
〔四〕『始以媚娘之事』，日本天理大學藏本《剪燈餘話》作『始以娶媚娘事』。

臨江狐

臨江富人陳崇古，所居後有果園，委一人守之，販鬻〔一〕皆由其手。其人年可四十餘〔二〕，頗修整，不類庸下人，獨居園中小屋間。一夕，有美姬來就之，自言能飲，索酒共酌，且求歡。其人疑之，叩其居址、姓氏〔三〕，終不答，曰：『與君有宿緣〔四〕，故來相從〔五〕，無問也。』遂與狎。

自是，每夜輒至，日久情密，如伉儷，亦不復究〔六〕其所從來矣〔七〕。比舍人怪園中

〔一〕『販鬻』，《紀録彙編》本《庚巳編》作『販鬻利息』。
〔二〕『四十餘』，《稗家粹編》同，《紀録彙編》、《説庫》本《庚巳編》、《廣艷異編》作『四十許』。
〔三〕『居址、姓氏』，《紀録彙編》作『居止姓名』。
〔四〕『宿緣』，《稗家粹編》《廣艷異編》同，《紀録彙編》、《説庫》本《庚巳編》作『夙緣』。
〔五〕『故來相從』，《稗家粹編》《廣艷異編》同，《紀録彙編》《説庫》本《庚巳編》作『故相從』。
〔六〕『究』，《稗家粹編》《廣艷異編》同，《紀録彙編》、《説庫》本《庚巳編》作『扣』。
〔七〕『矣』，《紀録彙編》本《庚巳編》作『也』。

常有人語聲，窺見〔一〕，以告主人。主人以〔二〕其費財也，召責之。其人初抵諱，因請主〔三〕覆視記籍〔四〕，曾無虧漏。更〔五〕研問，乃吐實，主亦任之。是夜，姬來，云：『而主謂吾誘汝財耶？』因從容言：『吾，非禍君者比。世界内如吾輩，無慮千數，皆修仙道。吾事將就，特借君陽氣一助耳。更幾日數足，吾亦不復留此，於君無損也。』他日來，閡飲〔六〕沉醉，談謔益款。其人試挑之曰：『子於世間亦有所畏乎？』姬以醉忘情，且恃交稔，無復防虞，直答曰：『吾無所畏。吾睡時，則有光旋繞身畔，人欲不利於我者，一躡此光，吾已驚覺，終不能有所加也。所最惡者，人能遠之，以口承其光，而徐吸之，則彼得壽而吾禍矣。』其人唯唯。俟其去，目送而望之〔七〕，遥見其踉

〔一〕『窺見』，《稗家粹編》《廣艷異編》同，《紀録彙編》、《説庫》本《庚巳編》作『窺見之』。
〔二〕『以』，《稗家粹編》《廣艷異編》同，《説庫》本《庚巳編》作『爲』。
〔三〕『主』，《稗家粹編》《廣艷異編》同。《説庫》本《庚巳編》作『主人』。
〔四〕『記籍』，《稗家粹編》同，《説庫》本《庚巳編》作『記識』。
〔五〕『更』，《稗家粹編》同，《説庫》本《庚巳編》作『更加』。
〔六〕『閡飲』，《説庫》本《庚巳編》作『劇飲』。
〔七〕『目送而望之』，《説庫》本《庚巳編》作『目逆而送之』，《稗家粹編》作『以目而送之』。

蹌〔一〕，趨〔二〕田中，往看，姬寐正熟，有光照地如月，依言吸之，覺胸臆隱隱熱下，光盡歛，乃歸。

明日，復至其所，有老狐狸死焉。景泰中，盛允高莅鹽課維揚，陳氏有商於揚者，道其事，云此人尚在，年九十餘矣。

【按】本篇出《庚巳編》卷二，《廣艷異編》卷三〇《陳崇古》等載之。

縠亭狐

弘治中，杭州衛有漕船，自京師還至山東。時冬天河凍，停舟八里灣，其地去縠亭鎮八里，故名。一日薄暮，有婦容服妖冶，立岸上，呼兵士爲首者，求寄宿，曰：『兒，此間鎮上人，將歸母家，日暮，不能及。如見容〔三〕，不敢忘報。』兵拒之，婦不

〔一〕『踉蹌』，《稗家粹編》作『狼蹌』，誤。
〔二〕『趨』，《説庫》本《庚巳編》作『仆』，《稗家粹編》作『往』。
〔三〕『容』，《紀録彙編》本作『留』。

肯去。天益暮〔一〕，請益堅〔二〕，言辭哀惋〔三〕，兵不覺應曰：『諾。』即留之宿。兵所卧處，僅與隔一板。中夜，婦呼腹痛，嬌啼宛轉，兵聞之心動，乃起爇薪煎湯飲之〔四〕。因稍逼〔五〕婦，殊不羞拒，兵遂與狎，綢繆傾倒，良以爲奇遇也。五鼓〔六〕，天大雪，婦辭歸，謂兵曰：『兒家去此不遠，君既有心〔七〕，兒今夜當復來也〔八〕。』兵曰：『幸甚。』即以繡枕頂一付〔九〕并所市猪肝肺遺之，云：『子可持歸，作羹奉母也。』婦起，凌雪而去。

〔一〕『暮』，日本内閣本《狐媚叢談》、《説庫》本《庚巳編》同，《紀録彙編》本《庚巳編》作『暝』。

〔二〕『堅』，日本内閣本《狐媚叢談》、《説庫》本《庚巳編》同，《紀録彙編》本《庚巳編》作『亟』。

〔三〕『哀惋』，日本内閣本《狐媚叢談》同，《紀録彙編》《説庫》本《庚巳編》作『哀婉』。

〔四〕『乃起爇薪煎湯飲之』，内閣本《狐媚叢談》同，《紀録彙編》、《説庫》本《庚巳編》、《廣艷異編》作『乃自起煎姜湯與飲』。

〔五〕『因稍逼』，内閣本《狐媚叢談》同，《紀録彙編》《説庫》本《庚巳編》《廣艷異編》作『稍就逼之』。

〔六〕『五鼓』，《紀録彙編》《説庫》本《庚巳編》作『五更』。

〔七〕『君既有心』，《紀録彙編》、《説庫》本《庚巳編》、《廣艷異編》作『君有心者』。

〔八〕『也』，《紀録彙編》本《庚巳編》作『耳』。

〔九〕『一付』，《紀録彙編》本《庚巳編》作『一副』。

兵寢，日宴〔一〕未起，時舟中諸人皆知〔二〕，或起循其去路，視積雪中無人跡〔三〕，惟〔四〕獸踪〔五〕數十，大怪之。共計曰：『彼美而尤，且侵夜來，未明輒去，寧知非妖乎？』呼兵起，訊之，初尚抵諱，引登岸，指雪跡示焉，乃大驚駭〔六〕，吐實。相與到鎮上，訪之居人，或云：『此地有數百年老狐，變幻惑人多矣。君所遭〔七〕，將無是乎？』亟返舟集衆，持器械、薪火而行。逐其跡，至野外，轉入幽邃，跡窮，見大樹可數抱，中穿一穴，枕頂〔八〕、猪肝，皆掛樹枝上。衆喜曰：『此必狐窟也。』環而圍之，投薪火穴中，燒爇。良久，一狐突烟而出，衆格殺之。兵神癡，旬日乃復〔九〕。

〔一〕『日宴』，《紀録彙編》本作『日晏』。
〔二〕『皆知』，《説庫》本《庚巳編》作『皆知之』。
〔三〕『無人跡』，《紀録彙編》本無此句。
〔四〕『惟』，《説庫》本《庚巳編》作『乃有』。
〔五〕『踪』，《紀録彙編》本《庚巳編》作『跡』。
〔六〕『大驚駭』，《紀録彙編》本《庚巳編》作『大驚』。
〔七〕『君所遭』，《説庫》本《庚巳編》作『君所遭者』。
〔八〕『枕頂』，《紀録彙編》本作『猪頭』。
〔九〕『復』，《紀録彙編》、《説庫》本《庚巳編》作『平復』。

【按】本篇出《庚巳編》卷八，《紀録彙編》本作『穀亭狐』，《廣艷異編》卷二九等録其文。

狐丹

齊女門外陸墓、吴塔之間，有趙氏兄弟居焉。伯曰才之，季曰令之，地頗幽僻。一日，才之自外歸，薄暮暝色慘淡，才之少駐足道傍槐蔭下，倏忽昏黑，才之方悔不疾行，因反不動，待人來偕去〔一〕。夜既闌，見一燈熒熒然，由南而來漸近，才之迫而察之，乃一女子也。暗中亦不詳辨色〔二〕，然殊覺〔三〕有妖態，視其火，乃是啣一燈於口中耳。初意訝之，稍相接語，便已迷眩，女遂解衣野合焉。合既，復由此道〔四〕，迤邐而去，才之更悵悵而歸〔五〕。

〔一〕『去』，《志怪録》作『行』。
〔二〕『亦不詳辨色』，《志怪録》作『雖不詳辯其姿色』。
〔三〕『殊覺』，《志怪録》作『殊』。
〔四〕『復由此道』，《志怪録》作『女復由前途』。
〔五〕『悵悵而歸』，《志怪録》作『悵悵似怕而歸』。

明晚，思之不置，遂瞞其弟及家人，待至晚候〔一〕，徑往，坐其地俟之〔二〕。女果復來，合之，又別。如是者幾一月，令之察焉，備得其狀。襲兄而去〔三〕，見兄復云云。兄既畢事，令之乃前劫其女，女初無〔四〕拒意，便相從爲淫。令之自後遞互往合，雖皆迷，不知所謂，而神度皆無虞如故，或更覺强爽。

一日，令之偶誇於所知，所知曰：『子惑矣！人口中豈置火處耶？子今但奪其燈，儻〔五〕得之，便强吞之，可也。』弟方悟，曰：『良是。』其夕仍去，則女已先在，令之遂與綢繆。初凡合時，女則吐燈，閣在於地〔六〕，事罷，乃復入口。至是，令之伺間，急取燈，便吞之。女見之，亟來奪之，令之不及下咽，急遽間，失燈，墜於水，女乃悵然大恨曰：『殊可惜矣！奈何！奈何！』令之問之，女曰：『吾當以實告

〔一〕『晚候』，《志怪録》作『夜』。
〔二〕『坐其地俟之』，《志怪録》作『昨處伺之』。
〔三〕『去』，《志怪録》作『行』。
〔四〕『初無』，《志怪録》作『亦略無』。
〔五〕『儻』，《志怪録》作『倘』。
〔六〕『閣在於地』，《志怪録》作『閣於地』。

汝。吾非人，乃老牝狐也，修行幾百年矣。吾丹已成，所欠者，陽人精血耳。今得〔一〕二君合數十回〔二〕，更得數，如之，則吾立躋仙地，而二君亦且高壽令終。吾口中火，即丹也。今不幸失之，是吾緣未就，而更有〔三〕禍矣。最可恨者，數百年工夫〔四〕，爲可惜耳。然吾與君既爾云云，不得爲無情，所望於君者，身後事〔五〕耳。』言畢，淚潸然下〔六〕，遂僵死〔七〕於地，果狐身也。二生念之，因相與浴而加衣〔八〕，埋之堅爽之地。後不時往觀之〔九〕，念之〔一〇〕不能忘。其後亦無他異。事在成化間。

〔一〕『今得』，《志怪録》作『今吾得』。
〔二〕『合數十回』，《志怪録》作『合已數十回』。
〔三〕『更有』，《志怪録》作『更得』。
〔四〕『數百年工夫』，《志怪録》作『數百年工夫成丹』。
〔五〕『身後事』，《志怪録》作『營身後事』。
〔六〕『淚潸然下』，《志怪録》作『淚墮潸然』。
〔七〕『死』，《志怪録》作『仆』。
〔八〕『加衣』，《志怪録》作『瘞』。
〔九〕『觀之』，《志怪録》作『觀覽』。
〔一〇〕『念之』，《志怪録》作『念念』。

【按】本篇出《祝子志怪録》卷五，《西樵野記》卷九亦録之，多有異文。

妖狐獻帕

湖廣寧鄉縣御史行臺，久爲妖孽所居〔一〕，部使者至，不敢居。邑令爲盖〔二〕新臺居之，其舊臺〔三〕蕪穢不葺，以爲廢所，尚有壓屋〔四〕存焉。弘治中〔五〕，臨川王約資博爲御史，奉命巡按其省，按行是邑〔六〕，偶經舊臺，王問之，吏具白其由。王從舁人隨入，隸卒刈去草萊，灑掃廳宇，是夕止於此。惟命〔七〕一卒執燭，餘令〔八〕守門，坐以待之。

〔一〕『所居』，《客座新聞》作『所苦』。
〔二〕『爲盖』，《客座新聞》作『重建』。
〔三〕『舊臺』，《客座新聞》作『舊址』。
〔四〕『壓屋』，《客座新聞》作『屋』。
〔五〕『弘治中』，《客座新聞》作『弘治』。
〔六〕『奉命巡按其省，按行是邑』，《客座新聞》作『奉命按行』。
〔七〕『惟命』，《客座新聞》作『惟』。
〔八〕『餘令』，《客座新聞》作『餘』。

抵三鼓，俄一美姬前進〔二〕，持〔三〕一帕，置案上，再拜。王取其帕〔三〕，鎮坐於座，任其體態，不出一語。將及五鼓，姬〔四〕乞還原帕，王執不與，姬聞鼓絶，哀告百出，終不與，倏然而去。天始明，諸司來候，王言其故，取帕〔五〕視之，乃狐皮也。即率衆，踪跡其處〔六〕，行至後園，見一枯楊，伐之，復掘其下三尺許，始得一穴，見一剥皮老狐死其中〔七〕。王令火之，其怪遂絶。

【按】本篇出《客座新聞》卷七《王御史斬狐》。

〔二〕『前進』，《客座新聞》作『前』。
〔三〕『持』，《客座新聞》作『手持』。
〔三〕『帕』，《客座新聞》作『巾』。
〔四〕『姬』，《客座新聞》作『其姬』。
〔五〕『取帕』，《客座新聞》作『及取帕』。
〔六〕『其處』，《客座新聞》作『之行』。
〔七〕『死其中』，《客座新聞》作『死於中』。

狐爲靈哥

靈哥事，海内传誦殆百年矣。景泰、天顺间，日溢於耳，邇年多不信之，然見聞猶繁，不勝登載。亦有言其已泯，或言其本由假托者，然謂其散泯有之，盡以爲僞，恐不然。予兒時，則聞諸先人等，且其爲物，性最軟媚，往往与人纏綿締結，托为友朋〔一〕。昔景泰中，有雲間張璞廷采，成化間，有吾鄉韓彦哲，皆與交密。

張仕山右一學職，爲先公言，曩入京師謁之，設酒對酌，坐間爲張至家探耗，頃刻已來，言其居室之詳，及所見某家人，聞何語言，見何動作，報以無恙。張筆於籍，後按驗之，無錙銖爽也。頗與張言其身事，謂：『在唐時，與二輩同〔二〕學仙，處山中甚久。師後以二丹令餌之，戒「餌後無入水」。既各吞之，皆躁甚，腑臟若烈焰燒炙。彼不能忍，竟入水浴，即〔三〕死。予則堅忍，後復自涼，乃獲成道迄今。』當

〔一〕『友朋』，《語怪編》作『朋友』。
〔二〕『同』，《語怪編》作『同歸』。
〔三〕『即』，《語怪編》作『既』。

時，張循其言，領略其意，彷彿似謂其師乃吕公，而二物者，似一狐一鹿〔二〕，已則狐也。

韓初以歲貢赴銓，時祈兆於彼，得驗。且言『韓當宦游其地』，後韓果得同知德州，與之相去不遠。每事必諏之，無不響答。其所處在魯橋閘旁，民家一室，不甚弘密，外設香火，帷幕其内。凡答祈者，自帷中言，聲比嬰兒尤微，殆類蠭蠅。稱人，每尊重。仕者，爲大人；舉子，爲進士公；士庶，或曰官人，大率甚謙遜，而善媚。往往先索取土宜禮物，指而言之；或辭以無，則曰：『某物在某箱篋，某包襆有若干，分幾以惠，何不可也？』往往皆然，故人輒驚異，奉之〔三〕。禍福，或不盡驗。或曰：『其物已往，今其家僞造耳。』蓋初降時，因其家一婦人，凡飲食動静，皆婦密事，與之甚昵，非此婦不語食，或謂亦淫之，蓋似亦有採取之説。此婦没後，家仍以婦繼之，然不知其真也。

〔二〕『一狐一鹿』，《語怪編》作『一猴一鹿』。

〔三〕『奉之』，《語怪編》作『奉之至』。

又聞之先朝，因旱潦，嘗令巡撫臣下有司，迎入京師，託之祈禳，其物亦處於驛舫。比至京，不肯入城，強之，不從。因問：『既來，何不一入覲天顏？』答云：『禁中獒狗異常，我不可入。』竟默然歸。人以是，益疑爲狐〔二〕云。

【按】本篇出《語怪編》『靈哥』。

張羅兒烹狐

弘治初，汴城張羅兒家，北人呼篩爲羅，其家業此。〔三〕歲朝具果餌供祖。越兩日，漸少，張疑之，夜伏几下窺伺。至二更，有白狐來盜食，張急起迎狐，狐忽變爲白髮老人，張即以父呼之，食飲甚設。狐喜云：『吾兒孝順。』爲之盡醉，遂留不去。凡有所須，必爲致之。甫三歲，貲盈數萬，乃搆廣廈，長子納官典膳，次子爲儀賓。富盛既

〔二〕『爲狐』，《語怪編》作『猴狐之類』。

〔三〕《稗史彙編》無此小注。

久，張忽念：『身後子孫若慢狐，狐必耗吾家矣。』乃謀害之。戲指窗隙及物空中，云：『能出入乎？』狐入復出，試之數四，狐弗疑也。乃誘狐入瓻，閉置湯鑊内，益薪燃〔二〕之。狐呼曰：『吾有德於若，反見殺耶？人而不仁，天必殃之。乃公閱歲三百，今爲釜中魚，悲夫！』狐死之三日，其家失火，所蓄蕩然。逾年，次子酗酒殺人，斃於獄。又明年，闔門疫死。人以爲害狐之報云。

【按】本篇出《説聽》卷三，《稗史彙編》卷二七三《狐變老人》録其文。

狐能治病

周府後山狐精，與宫女小三兒通。弘治間，出嫁汴人居富樂，狐隨之，謂三兒曰：『吾能前知，兼善醫術，汝若供我，使汝多財。』三兒語其夫，夫固無賴子也，既聽之。掃一室，中掛紅幔，幔内設坐，狐至不現形，但嚮嘯呼三兒。三兒立幔外，諸

〔二〕『燃』，《説聽》作『然』。

問卜、求醫者跪於前，狐在内，斷其吉凶，無不靈驗。其家日獲銀一二兩。時某參政之妻患血崩，衆醫莫能療，病危矣。參政不得已，使問之，狐曰：『待我往東嶽，查其壽數。』去少選，復嘯至曰：『命未絶。』出藥一丸云：『井水送下，夜半，血當止矣。』果然，又服二丸，疾已全愈。參政乃來稱謝以察之，狐空中與參政，劇談宋元事，至唐末五代，則朦朧矣。參政嘆服，聽民起神堂。吾蘇李元璧客於汴，病喉，勺飲不可者七日矣，求狐治之，以黄金一兩爲藥直，請益，倍與之，乃得藥一丸，服之，即瘥。其神效之跡，不可勝紀。正德初，鎮守廖太監之弟鵬，召富樂，索千金。富樂言：『所得財貨，隨手廢盡，無有也。』鵬怒，下之獄，狐亦自是不至矣。

【按】本篇出《説聽》，《情史類略》卷二一等載之。

狐精

正德始元，諠言『狐精至吴城』，合郡[一]驚懼，人皆鳴金擊鼓，夜以禦之。余初

[一]『合郡』，《西樵野記》作『合群』。

意爲妄。夏夕，鄰家樓間，墜下一物，毛首金睛〔一〕，張牙奮爪，若有搏噬之狀。時有方士楊弘本宿〔二〕此樓，遂步斗罡，語咒、噀水，此物化作飛蟲而去，其聲薨薨，過數家，彼鄰又肆叫號，處女〔三〕爲利爪損其胸矣。以是知形變無常，窮室〔四〕益甚。逾秋末，向西南騷擾而去，自是滅跡。

【按】本篇出《西樵野記》卷六《狐精》。

〔一〕「金睛」，《西樵野記》作「金精」，誤。
〔二〕「宿」，《西樵野記》作「寄宿」。
〔三〕「處女」，日本内閣文庫本《狐媚叢談》作「處士」。
〔四〕「窮室」，《西樵野記》《狐媚叢談》作「窮室」。

徵引書目

《吕氏春秋》　〔戰國〕吕不韋等撰，中華書局，一九八六年，《諸子集成》本。

《戰國策》　〔漢〕高秀注，《四庫備要》本。

《風俗通議》　〔漢〕應劭撰，《四庫全書》本。

《列異傳》　〔魏〕曹丕撰，北京文藝出版社，一九八八年。

《西京雜記》　〔晉〕葛洪撰，中華書局，一九八五年。

《神仙傳》　〔晉〕葛洪撰，《四庫全書》本。

《異苑》　〔劉宋〕劉敬叔撰，《學津討原》本。

《幽明録》　〔劉宋〕劉義慶撰，《四庫全書》本。

《洛陽伽藍記》　〔後魏〕楊衒之撰，中華書局，一九六三年。

《後漢書》　〔南朝宋〕范曄撰，〔唐〕李賢等注，中華書局，一九七八年。

《竹書紀年》〔梁〕沈約注，《四庫全書》本。
《續齊諧記》〔梁〕吴均撰，《四庫全書》本。
《靈怪録》〔前蜀〕牛嶠撰，《説郛》本。
《世説新語》〔劉宋〕劉義慶撰，《四庫全書》本。
《北堂書鈔》〔唐〕虞世南編，《四庫全書》本。
《晉書》〔唐〕房玄齡等撰，中華書局，一九七八年。
《隋書》〔唐〕魏徵等撰，中華書局，一九七八年。
《白孔六帖》〔唐〕白居易編，宋孔傳續編，《四庫全書》本。
《初學記》〔唐〕徐堅等編，中華書局，一九六五年。
《元和郡縣圖志》〔唐〕李吉甫撰，中華書局，一九八三年。
《朝野僉載》〔唐〕張鷟撰，《古今説海》本。
《渚宫舊事》〔唐〕余知古撰，中華書局，一九八五年。
《酉陽雜俎》〔唐〕段成式撰，《叢書集成新編》本。
《法苑珠林》〔唐〕道世編，《四庫全書》本。
《集異記》〔唐〕薛用弱撰，《四庫全書》本。

《紀聞》　〔唐〕牛肅撰，《筆記小説大觀》本。
《會昌解頤録》　〔唐〕包湑撰，《四庫全書》本。
《玄怪録》　〔唐〕牛僧孺撰，上海古籍出版社，一九八五年。
《廣異記》　〔唐〕戴孚撰，中華書局，一九九二年。
《河東記》　〔唐〕闕名撰，《説郛》本。
《宣室志》　〔唐〕張讀撰，《説郛》本。
《三水小牘》　〔唐〕皇甫枚撰，《古今説海》本。
《稽神録》　〔唐〕徐鉉撰，《四庫全書》本。
《駱丞集》　〔唐〕駱賓王撰，《金華叢書》本。
《舊唐書》　〔五代後晉〕劉昫等撰，中華書局，一九七八年。
《玉堂閒話》　〔五代〕范資撰，《説郛》本。
《唐摭言》　〔五代〕王定保撰，《學津討原》本。
《新唐書》　〔宋〕歐陽修、宋祁撰，中華書局，一九七八年。
《通志》　〔宋〕鄭樵撰，中華書局，一九七八年。
《册府元龜》　〔宋〕王若欽等編，中華書局，一九六〇年。

《太平廣記》　〔宋〕李昉等編，人民文學出版社，一九五九年。
《記纂淵海》　〔宋〕潘自牧編，《四庫全書》本。
《錦繡萬花谷》　〔宋〕闕名編，《四庫全書》本。
《古今事文類聚》　〔宋〕祝穆撰，《四庫全書》本。
《古今合璧事類備要》　〔宋〕謝維新編，《四庫全書》本。
《詩話總龜》　〔宋〕阮閱編，人民文學出版社，一九八七年。
《漁隱叢話》　〔宋〕胡仔編，《四庫全書》本。
《類説》　〔宋〕曾慥編，《四庫全書》本。
《海事碎録》　〔宋〕葉廷珪撰，《四庫全書》本。
《爾雅翼》　〔宋〕羅願撰，《叢書集成初編》本。
《埤雅》　〔宋〕陸佃撰，《叢書集成初編》本。
《周易本義》　〔宋〕朱熹撰，中華書局，二〇〇九年。
《青瑣高議》　〔宋〕劉斧撰，上海古籍出版社，一九八三年。
《談藪》　〔宋〕顧元英撰，《古今説海》本。
《歲時廣記》　〔宋〕陳元靚撰，《續修四庫全書》本。

《事林廣記》〔宋〕陳元靚編，《續修四庫全書》本。
《鐵圍山叢談》〔宋〕蔡絛撰，《四庫全書》本。
《大忠集新編》〔宋〕江萬里撰，江西人民出版社，二〇〇八年。
《南部新書》〔宋〕錢希白撰，《説郛》本。
《增補武林舊事》〔宋〕周密撰，〔明〕朱廷焕補，《四庫全書》本。
《侯鯖録》〔宋〕趙令畤撰，《四庫全書》本。
《北夢瑣言》〔宋〕孫光憲撰，上海古籍出版社，一九八一年。
《夷堅志補》〔宋〕洪邁撰，涵芬樓本。
《大宋宣和遺事》〔宋〕闕名撰，涵芬樓本。
《路史》〔宋〕羅泌撰，《四庫全書》本。
《容齋四筆》〔宋〕洪邁撰，《四部叢刊》本。
《蘇學士集》〔宋〕蘇舜欽撰，《四庫全書》本。
《宋史》〔元〕脱脱等撰，中華書局，一九七八年。
《文獻通考》〔元〕馬端臨撰，《四庫全書》本。
《韻府群玉》〔元〕陰時夫編，《四庫全書》本。

《湖海新聞夷堅續志》　〔元〕無名氏撰，中華書局，二〇〇六年。
《琅邪代醉編》　〔明〕張鼎思編，《四庫全書存目叢書》本。
《玉芝堂談薈》　〔明〕徐應秋撰，《筆記小説大觀續編》本。
《虞初志》　〔明〕陸采編，《四庫全書存目叢書》本。
《天中記》　〔明〕陳耀文編，江蘇廣陵古籍刻印社本。
《稗史彙編》　〔明〕王圻編，《四庫全書存目叢書》本。
《山堂肆考》　〔明〕彭大翼編，《四庫全書》本。
《艷異編》　〔明〕王世貞編，《古本小説集成》本。
《暇老齋雜記》　〔明〕茅元儀撰，《續修四庫全書》本。
《古今説海》　〔明〕陸楫輯，《四庫全書》本。
《篷窗類紀》　〔明〕黄暐撰，明鈔本。
《説聽》　〔明〕陸延枝撰，烟霞小説本。
《少室山房筆叢》　〔明〕胡應麟撰，上海書店，二〇〇一年。
《歧海瑣談》　〔明〕姜準撰，上海社會科學院出版社，二〇〇二年。
《西湖遊覽志餘》　〔明〕田汝成撰，上海古籍出版社，二〇〇二年。

《庚巳編》〔明〕陸粲撰，烟霞小説本。
《晝永編》〔明〕宋岳撰，《續修四庫全書》本。
《警語類鈔》〔明〕程遠撰，明萬曆本。
《耳談類增》〔明〕王同軌撰，《續修四庫全書》本。
《廣艷異編》〔明〕吴大震輯，《續修四庫全書》本。
《剪燈餘話》〔明〕李昌祺撰，上海古籍出版社，一九八一年。
《祝子志怪録》〔明〕祝允明撰，萬曆四十年祝世廉刻本。
《語怪》〔明〕祝允明撰，《四庫全書存目叢書》本。
《客座新聞》〔明〕沈周撰，清抄本。
《西樵野記》〔明〕侯甸撰，明抄本。
《五雜俎》〔明〕謝肇淛撰，中華書局，一九五九年。
《百家公案》〔明〕安遇時編，萬曆二十五年萬卷樓刻本。
《春秋列國志傳》〔明〕余邵魚撰，《古本小説集成》本。
《西湖二集》〔明〕周清源撰，《古本小説集成》本。
《平妖傳》〔明〕馮夢龍，上海古籍出版社，一九八一年。

《順天府志》〔清〕張之洞等撰，《續修四庫全書》本。
《日下舊聞考》〔清〕于敏中等撰，《四庫全書》本。
《全唐詩》〔清〕彭定求等編，中華書局，一九六〇年。
《淵鑒類函》〔清〕張英等編，《四庫全書》本。
《花木鳥獸集類》〔清〕吴寶芝撰，《四庫全書》本。
《宋元詩會》〔清〕陳焯輯，《四庫全書》本。
《寄園寄所寄》〔清〕清趙吉士輯，《續修四庫全書》本。
《新輯搜神記搜神後記》李劍國輯校，中華書局，二〇一二年。
《唐五代傳奇集》李劍國輯校，中華書局，二〇一五年。
《宋代傳奇集》李劍國輯校，中華書局，二〇一八年。
《明代志怪傳奇小説叙録》陳國軍著，商務印書館國際有限公司，二〇一六年。

稀見筆記叢刊

已出版

獪園 ［明］錢希言 著
鬼董 ［宋］佚名 著 夜航船 ［清］破額山人 著
妄妄録 ［清］朱海 著
古禾雜識 ［清］項映薇 著 鐙窗瑣話 ［清］于源 著
續耳譚 ［明］劉忭等 同撰
集異新抄 ［明］佚名 著 ［清］李振青 抄 高辛硯齋雜著 ［清］俞鳳翰 撰
翼駉稗編 ［清］湯用中 著
簷廊瑣記 ［清］王守毅 著
風世類編 ［明］程時用 撰 闇然堂類纂 ［明］潘士藻 撰
新鐫金像評釋古今清談萬選 ［明］泰華山人 編選
疑耀 ［明］張萱 撰
退庵隨筆 ［清］梁章鉅 編
述異記 ［清］東軒主人 撰 鸝砭軒質言 ［清］戴蓮芬 撰
仙媛紀事 ［明］楊爾曾 輯
狐媚叢談 ［明］憑虛子 編
藏山稿外編 ［清］徐芳 著
見聞隨筆 ［清］齊學裘 撰

即將出版

見聞續筆［清］齊學裘 撰
在野邇言［清］王嘉楨 撰 薫蕕并載［清］王 昺 撰
魏塘紀勝·續［清］曹廷棟 著 東畬雜記 附 幽湖百詠［清］沈廷瑞 著 鴛鴦湖小志［民國］陶元鏞 輯
松蔭庵漫録［民國］尊聞閣主 輯
搜神記［唐］句道興 撰 新搜神記［清］李調元 撰